いつもは
真面目な委員長だけど
キミの彼女に
なれるかな？
Author コイル Illust Nardack

第1話　陽都《あきと》、紗良《さら》の家に挨拶《あいさつ》に行く

家から少し離《はな》れた所に幹線道路があり、そこを救急車が走っている。

サイレンが聞こえていたけど、その音がプツリと途切《とぎ》れた。

住宅街に入ってくるために音を消したのか、目的地に到着《とうちゃく》したのか分からないような深夜。

お母さんは手に持っていたマグカップの縁《ふち》を撫《な》でて、

「……男の子に告白されたから、付き合って良いかな……って、彼氏《かれし》ができたってこと？」

「辻尾《つじお》陽都《あきと》くん。同じ高校で、映画部の子なの」

「え……紗良《さら》、そういうことに興味があるのね、意外だわ」

お母さんはそう言って、心底驚《おどろ》いたように目を丸くして、私のほうを見た。

そういうことに興味があるって……私を何だと思っていたのだろう。

でもお母さんが市議会議員をしていて、私はずっとお母さんに嫌《きら》われない、お母さんが望む娘《むすめ》を演じ続けていた。だからそう思われていても仕方がない。

ただそう思っていたことを、娘《むすめ》である私本人に悪気もなく言う行動に苛立《いらだ》って黙《だま》る。

お母さんは長く息を吸い込んで、遠くに投げ出すように吐《は》き出《だ》して、

「同級生って、どこら辺に住んでる子なの？　あの学校、結構色んな所から生徒が通ってるわよね」

「そんなの関係ある？」

「あるわ。育った場所は、本人の性格に直結してるんだから」

私はそれを聞いてため息をついた。

どこら辺に住んでいるのか気にするの、すごくお母さんらしい。

幹線道路脇《わき》に古い団地があり、そこに住んでいる子たちは親が遅《おそ》くまで働いている子も多かった。その子たちは夜遅《よるおそ》くまで「一緒《いっしょ》に遊ぼう！」と誘《さそ》ってくる。私も小学生だったので、友だちと遊びたい気持ちはあり、何度かお母さんに「習い事が終わった後に遊びたいけど良《い》い？」と聞いたけど「あそこら辺の子は、あまり良くないわ」と眉間《みけん》に皺《しわ》を寄せた。

私立中学に合格した時、お母さんが「これで付き合う子たちが変わるわね」と言ったのを今もよく覚えている。

お母さんは私が付き合う人を、友だちでも気にする人だ。そして矢継《やつ》ぎ早《ばや》に続ける。

「ご両親はどういうお仕事をしてる人？」

辻尾《つじお》くんがどういう人なのか全く聞かず、象《かたど》るものばかり聞いてくる……そんな状況《じょうきょう》にイライラして目を閉じる。

でも同時に思う。

ここで辻尾《つじお》綾子《あやこ》さん……辻尾《つじお》くんのおばあちゃんのことをお母さんに伝えたら、一瞬《いっしゅん》で黙《だま》ると思う。

辻尾《つじお》綾子《あやこ》さんは、お母さんが最も気合いを入れて取り組んでいる仕事……駅前の再開発事業を請《う》け負《お》っている建設会社……松島《まつしま》建設の人と繋《つな》がりがある。

だからここで綾子《あやこ》さんの話をしたら、すぐに認めてくれるだろう。でもそんなの……私が今まで一番嫌《きら》っていた『権力を押しつける』ことだと感じる。私はお母さんの「市議会議員の娘《むすめ》なんだから」という言葉に長く苦しめられているから。

同じことをしたくない。

それにそんなこと『私の彼氏《かれし》』に関係がない。

固く閉じていた目を開いて、笑顔《えがお》を作る。

「辻尾《つじお》くん、とっても優《やさ》しくて素敵《すてき》な人なの。一緒《いっしょ》に体育祭の実行委員もしてくれたし、なによりリレーで私の前に走った子よ。すごく足が速かったの、覚えてる？」

「え……ええ、そうね、そうだったかしら。あ、思い出したわ。体育祭が終わった時に一緒《いっしょ》にいた子？」

「そう。お母さん何度も会ってるわよ」

「……ごめんなさい、覚えてないわ」

お母さんは仕事で会う人は一度で覚えるのに、私が一緒《いっしょ》にいた子は全く覚えてないようだ。

私のことには何も興味がない、覚えてない、でも付き合う人も、環境《かんきょう》も制限したい。

心底嫌《いや》になり、気分が落ち込んでくるが、こんなことで諦《あきら》めたくない。

　実は「付き合いたい」という話をお母さんにすること、そして家に来てほしいことを辻尾《つじお》くんには伝えていた。緊張《きんちょう》するけど、その方が良《い》いと思うと辻尾《つじお》くんは言ってくれた。

　辻尾《つじお》くんを、これほど理解がない家に呼ぶのは気が重いけれど、それでも私は、ここから始めたい。

　だって辻尾《つじお》くんは、本当に素敵《すてき》な人だから。

　挨拶《あいさつ》にくる旨《むね》を伝えると、お母さんは「挨拶《あいさつ》に来るなら良《い》いわ」と軽く頷《うなず》いて部屋から出て行った。

　音を消していた救急車が、再びサイレンを鳴らしながら遠ざかって行くのが分かる。

　ここからだ。

「お姉ちゃんの彼ピ！　彼ピ！　彼ピが来る！　ねえお姉ちゃん、友梨奈《ゆりな》の服装とかメイクとか、変じゃない？」

　妹の友梨奈《ゆりな》は楽しそうにその場でクルクル回った。

　あの話し合いから一週間経《た》った今日、辻尾《つじお》くんが家に来てくれることになった。

　辻尾《つじお》くんはずっと「うわああ……緊張《きんちょう》する！」と言っていたけれど、それは私も同じだ。

　ドキドキしながら、リビングにある鏡で前髪《まえがみ》を整えた。……変じゃないかな。

今日ばかりはお出かけ用の黒いワンピースを着て髪《かみ》の毛《け》をしっかり整えた。嫌《きら》いな服装だったのに辻尾《つじお》くんを出迎《でむか》えるためだと思うと正装に思える。

約束の時間になり、家のチャイムが鳴った。出迎《でむか》えようと立ち上がったら「早く早く！」と友梨奈《ゆりな》に背中を押された。

もう、テンションが高すぎる。

家に辻尾《つじお》くんがくると知ってから、誰《だれ》より楽しそうにしていたのは友梨奈《ゆりな》だ。

私も友梨奈《ゆりな》に新しい彼氏《かれし》ができたと聞かされたら、毎回「どんな人かな」とは思うけど、ここまでのテンションではない。

ドキドキしながらお母さんと玄関《げんかん》に向かい、ドアを開くとそこに辻尾《つじお》くんが立っていた。

学校の制服を着ていて、手土産《てみやげ》を持っている。私たちのほうを見て頭を下げ、

「はじめまして。辻尾陽都《つじおあきと》です」

と言った。

うちの玄関《げんかん》に辻尾《つじお》くんがいる。

もうその状況《じょうきょう》だけで、合成写真みたいで息が苦しい。

それにすごく恥《は》ずかしい。なんでだろう、分からない。でも嬉《うれ》しくて、ドアを開いて中に入ってもらう。

「……入って。ちょっと友梨奈《ゆりな》がテンション高くてうるさいかも知れないけど」

辻尾《つじお》くんは玄関《げんかん》から一歩中に入ってきて、一緒《いっしょ》に玄関《げんかん》に立っていたお母さんに向かって手《て》土産《みやげ》を渡《わた》して、

「『紗良《さら》』さんとお付き合いさせて頂いています。本日はよろしくお願いします」

と言った。

紗良《さら》さん。

名前で呼ばれて一気に顔が熱くなる。

こんな……でもそうよね、家中全員吉野《よしの》だもの。そうよ、名前で呼ばないと。でもちょっとまって、すごくドキドキする。想定外だったわ。顔が熱くて耳まで痛くなってきた。

こんなことになるなら、家に呼ぶまでの数日の間に、名前で呼んでもらって慣れるべきだった？

でもそんなの「家にくる時に名前で呼ぶ？　だから先に練習しよう？」って言うってこと？

そんなの変よね？　くすぐったくて、でもすごく嬉《うれ》しくて。私はスリッパを出しながら、ゆっくりと口にする。

「陽都《あきと》、くん。入って、どうぞ」

「!!　はいえっと、すいません、お邪魔《じゃま》します」

陽都《あきと》くんは驚《おどろ》いて私の方を見て、うつむいた。

もうだめ、こんなの、もっと早く済ませておくべきだった。でもずっと恥《は》ずかしくて名前で

呼べなかったんだもん。

名前を呼ばれて玄関《げんかん》に入れただけなのに恥《は》ずかしくて膝《ひざ》を抱《かか》えて丸くなりたくなるけど……

違《ちが》う、こんなの絶対辻尾《つじお》くん……じゃない陽都《あきと》くんのが恥《は》ずかしいはず！

と思って顔を上げたら、ものすごくまっすぐな瞳《ひとみ》で私のほうを見ていた。

……ちゃんとしてる。

私だけ舞《ま》い上《あ》がりすぎてる。小さく息を吐《は》いて落ち着いて、リビングに向かった。

「わあああ彼ピ！　いらっしゃいませ！　ちゃんと挨拶《あいさつ》するのははじめまして妹の友梨奈《ゆりな》です。体育祭の時に少し会ったみたいなんですけど、私全然覚えてなくて！　わー、お姉ちゃんと彼ピ、わあああ〜、なんかすごい新鮮《しんせん》、ほわあああ〜よろしくです〜〜！」

リビングに入ると、ドアの横で待ち構えていた友梨奈《ゆりな》が陽都《あきと》くんにグイグイと近付いてきて叫《さけ》んだ。

陽都《あきと》くんは丁寧《ていねい》に頭を下げて、

「穂華《ほのか》さんからお話は伺《うかが》っています。よろしくお願いします」

「きゃあああ普通《ふつう》の男の子だああ！　ヤバい、アガる！」

友梨奈《ゆりな》はタタタと机に向かって歩き「ではお話をしましょう。まずは妹の私からお話を」と椅子《いす》に座ろうとしたが、お母さんに追い出された。そしてドアの外で「うるさくしないからああ仲間に入れてよおおお」と叫《さけ》んでいるけど、どう考えても朝から一番うるさい。

私はいつも議員さんたちが座る大きな机の奥に、陽都《あきと》くんに座ってもらい、横に座った。

前の席にお母さんが座りお茶を出した。陽都《あきと》くんは頭を下げてそれを一口飲んだ。

ああ、いつもの場所に陽都《あきと》くんがいて、落ち着かない。緊張《きんちょう》して心臓が口から飛び出してしまいそう。

お母さんは仕事をする時の表情になり、

「はじめまして、吉野《よしの》花江《はなえ》です」

「はじめまして、辻尾《つじお》陽都《あきと》です。紗良《さら》さんとは高校で出会ってお付き合いさせて頂いています。あの……出会いから説明させてください」

陽都《あきと》くんはそういって椅子《いす》に座り直し、

「最初に紗良《さら》さんを認知《にんち》したのは今年の四月です。教室の掃除《そうじ》用ホウキが折れていて、それを先生に知らせると『お前が折ったのか』と怒《おこ》られそうで黙《だま》っていたんですけど、紗良《さら》さんがそれを見てすぐに先生の所に行って、新しいのにしてくれたんです。それを見て、すごいなあと思ったのがはじまりです。それに授業で使うすごく大きな筒《つつ》みたいなものを、ひとりで運んでるんですよ、吉野《よしの》……違《ちが》う、すいません、いつも吉野《よしの》さんって呼んでたから慣れなくて。紗良《さら》さんが持ってきてくれたりして、本当にすごい人なんです。それで好きになって……」

ホウキのことは覚えていない。きっと考えるより先に身体《からだ》が動いたのだろう。

それに資料を運んでるのを見られていたのも知らなかった。

そんな小さなことを見ていてくれたのも、必死に伝えてくれる言葉も嬉《うれ》しい。

お母さんはそれを静かに聞き、

「紗良《さら》を気に入ってくれて嬉《うれ》しいわ。でも紗良《さら》から聞いてるかも知れないけれど、私は市議会議員をしていて立場が難しいの」

「はい、伺《うかが》っています」

「だから少しね、付き合う人を選びたいと言ったらなんだけど。妹の友梨奈《ゆりな》は私と同じ市議会議員の息子《むすこ》さん……藤間《ふじま》匠《たくみ》さんとお付き合いしているの。立場がしっかりしてるでしょ？　やはり普通《ふつう》の子とは少し違《ちが》うから」

その言葉に陽都《あきと》くんが顔を上げる。

「いえあの、これは紗良《さら》さんを貶《おとし》めるとか、そういう意味ではなく言いますけど、紗良《さら》さんは、すごく普通《ふつう》で、いやでも、すごく頑張《がんば》ってて、そこは普通《ふつう》じゃないかも知れないですけど、でも普通《ふつう》の子とは違《ちが》うと言われるのは、違《ちが》う気がして。ああ、すいませんあの上手に言えないんですけど」

「そうね、普通《ふつう》の子ではないと言いたいのでなく、普通《ふつう》の子と付き合うより、市議会議員の娘《むすめ》として付き合ってほしい。そう思ったから家に呼んだのよ。来てくれたし、それに会ってみるとしっかりしてるし、良《い》いじゃない？　ねえ、紗良《さら》」

市議会議員の娘《むすめ》の前に、ただのクラスメイトなんだけど……。

それに好きな男の子を、こんな風に品定めされて、妹の彼氏《かれし》まで引き合いに出されて、苛立《いらだ》って仕方がない。黙《だま》っていると横に座っていた陽都《あきと》くんは頭を深く下げて、

「俺もはじめての彼女で、色々面倒《めんどう》かけるかも知れないんですけど、明日も明後日《あさって》も、来月も来年も、紗良《さら》さんと一緒《いっしょ》にいたいと思っています。どうなるか分かりませんが、よろしくお願いします」

その真摯《しんし》な言葉に胸が苦しくなってしまう。

なんだか本当に、ちゃんと正面から来てくれたのだ。この家に。

お母さんが「折角だからお部屋に入ってもらったら？　お茶を準備するわ」と言ってくれて、なんとそのまま私の部屋にいくことになった。

こんな家族みんないる状態で、ふたりで部屋に入るなんて逆に落ち着かないけど、さっきからくれた優《やさ》しい言葉に胸がいっぱいだし、お母さんの態度が酷《ひど》すぎて、謝りたい。

私は陽都《あきと》くんを連れて階段を上り始めた。

第2話　ふたりだけの速度で

っ……緊張《きんちょう》した。

間違《まちが》いなく人生で一番緊張《きんちょう》した。心臓がバクバク言い過ぎて最後には視界も揺《ゆ》れてた。

でも、挨拶《あいさつ》に行くと分かった時、俺がバイトしている唐揚《からあ》げ店で良くしてもらっている品川《しながわ》さんが「高校生の付き合い程度で挨拶《あいさつ》に来いっていう親なんてね、先制パンチしたいだけなんだから〜。路地にいるネコと同じよ、ネコパンチよ、ネコパンチ、ニャッ!!」と笑ってくれたのが大きかった。

そして店長が「大人への対応は、ホストクラブでライブ撮影《さつえい》とかして慣れてるだろ。ただの大人だよ」と言ってくれて、納得《なっとく》できた。

吉野《よしの》さんから「お母さんに紹介《しょうかい》したいの」と言われたのをきっかけに、俺の親にも「彼女ができた。同じ映画部の吉野《よしの》さん」と伝えたら、母さんは「あららら、まあああはあああ〜。あらそう、まあ、いいじゃない、あらあら」と突然《とつぜん》家中のシーツを洗濯《せんたく》しはじめた。

動揺《どうよう》してるんだと思う。母さんは動揺《どうよう》すると洗濯機《せんたくき》を回す。

父さんは「いやいやいいね、すごくいい。彼女ができたって話してもらえるのが嬉《うれ》しいな。そっか、うん、大切だ」とカメラを磨《みが》いてたけど、次の日新しいカメラのレンズが届いたから、やっぱり動揺《どうよう》してるんだと思う。

うちは「挨拶《あいさつ》に来い」という家じゃないのは知っていた。

でも吉野《よしの》さんの家はそうじゃないって、最初から分かってたから……ものすごく緊張《きんちょう》した。

それに部屋に入るなんて思ってなかった！　俺は階段を上がりながら後ろから吉野《よしの》さんに向かって、

「あの、突然《とつぜん》部屋に入って大丈夫《だいじょうぶ》？　片付けとかあるなら待ってるけど」

「ううん、そういうこともあるかなって、片付けたの」

「そっか。それなら良《い》いんだけど。いや、見られたくないものとかも、あるかなって」

「大丈夫《だいじょうぶ》だよ、ありがとう」

そう言って階段の途中《とちゅう》で微笑《ほほえ》んだ。

俺の部屋に吉野《よしの》さんを入れられる気がしない。いや、この先を考えたら俺も片付けとくべきなのか？　何か変なものがあるわけじゃないけど、中学時代のアルバムとか、母さんが勝手に飾《かざ》ってる写真とか隠《かく》さないと部屋に吉野《よしの》さんを入れるのはイヤだ、見られたくない。

考えながら階段を上がっていたら、二階のドアが少し開いていて、そこから友梨奈《ゆりな》さんが顔を半分だけ出して見ていた。

「……いいなあー。ちゃんと部屋に入って良いのか聞いてくれる彼ピ〜〜」

「!!　友梨奈《ゆりな》怖《こわ》い！　ちょっとまって。どこから聞いてたの!?」

「一階の話はドアに張り付いて聞いてたし、今は階段の上で聞いてました」

「友梨奈《ゆりな》⁉」

「だって羨《うらや》ましいんだもん、ピカピカしてる彼ピ～。いいなあー。私の彼ピのたっくん、この前私の部屋でね、私がトイレ行ってる間に机の引き出し開けてたんだよ。超怒《ちょうおこ》ったんだけど」

その言葉に吉野《よしの》さんが眉間《みけん》に皺《しわ》を寄せる。

「……匠《たくみ》さん、ちょっとそれはどうなのかしら」

「ね～～。なんかお姉ちゃんの彼ピ見たら、何か違《ちが》うかも度数グングン上がってきたー。とりあえずバイト行ってくるー！」

そう言って階段を下りながら俺の方を見て、

「ごゆっくり。プロレスしても、下にバレないよ？」

とウインクした。吉野《よしの》さんが「友梨奈《ゆりな》！」と叫《さけ》ぶ声に「じゃあねー！」と重ねて友梨奈《ゆりな》さんは出て行った。

部屋でするプロレス……それって。うん。本当にすごいパワーがある人だ。

吉野《よしの》さんは「もう」と唇《くちびる》を尖《とが》らせて怒《おこ》り、それでも友梨奈《ゆりな》さんがいなくなったことで静かになった二階で髪《かみ》の毛《け》を整えた。

そして俺のほうを見て、

「えっと、ここが私の部屋なの。片付けたけど、やっぱり緊張《きんちょう》しちゃう……どうぞ」

「お邪魔《じゃま》します……」

入った部屋は、その瞬間《しゅんかん》から吉野《よしの》さんの香りが充満《じゅうまん》していて、立《た》ち尽《つ》くした。

シンプルなデスクに本棚《ほんだな》、そして鏡台と洋服棚《だな》。いつも着ている制服がかけてあると興奮してしまうのは、どういうことだろうか。

そしてモコモコのショーパンパジャマが脱《ぬ》ぎ捨《す》てて置いてあった。

「あっ、バタバタしてて慌《あわ》てて着替《きが》えたから」

そう言ってパジャマを抱《かか》えた。とりあえず真ん中にあった机の横にスルスルと膝《ひざ》をつくとサッとクッションを出してきて、そこに座った。

すわるとふわりと吉野《よしの》さんの香りが広がって……俺は大きく息を吐《は》いた。

「……すげぇ緊張《きんちょう》した」

「わー、ごめんね。そうだよね、すごく緊張《きんちょう》するよね、ごめんね。ああ、どうしよう、辻尾《つじお》くんが私の部屋に座ってる……はああ……どうしよう、落ち着かないよ。ドキドキしてすごい。あっ、お茶とお菓子《かし》、取りに行ってくるね。お母さん準備するって言ってたから」

大騒《おおさわ》ぎして、吉野《よしの》さんは部屋を飛び出していった。

吉野《よしの》さんの部屋にひとり。身動きのひとつもできない。

でも……ベッドを見ると、そこはいつもビデオ通話で話している時、背景に映っているピンクのストライプの柄《がら》のシーツ。

勉強しながら話していた時に見えていた本棚《ほんだな》。少し落ち着いてきて棚《たな》を見るとクマのぬいぐるみとか置いてあって……すごく女の子の部屋だ。

正座して周りを見ていると、吉野《よしの》さんがお盆《ぼん》を持って入ってきた。

そしてそれを机に置いて、

「はあ……お母さん。仕事行くって出て行った。ごめんね、まず謝りたくて。お母さん酷《ひど》い言葉ばかり言った。もう辻尾《つじお》くんのことじゃなくて、自分に問題がない人か、そればっかり……」

俺は姿勢を正して、

「想定内だったよ。市議会議員してて、友梨奈《ゆりな》さんは関係者と付き合ってるんだろ。だったら姉である吉野《よしの》さんの相手も確認《かくにん》するのは変なことじゃないと思うよ。歓迎《かんげい》されてないのがすごいけど」

「本当にごめんなさい。私悲しくて。でも……辻尾《つじお》くんがホウキのこととか、色々話してくれたの嬉《うれ》しくて」

「言ってなかったけど、あの時から気になってたから」

「……嬉《うれ》しい」

「とりあえず挨拶《あいさつ》が済んだから、問題さえ起こさなきゃ良《い》いかなって思える。それに家に来ることで紗良《さら》さんって呼べたのも、陽都《あきと》って呼んでくれたのも、嬉《うれ》しかったから」

「!!」

吉野《よしの》さんはパッと俺のほうを見て、目を丸くした。

挨拶《あいさつ》も緊張《きんちょう》したけど、実はなにより名前で呼ばなきゃいけないことに緊張《きんちょう》していた。

今日はここに来る前に「全員吉野《よしの》さんなんだから、紗良《さら》さんって呼ぶ、紗良《さら》さんって呼ぶ」と呪文《じゅもん》のように唱えてきたから、なんとか呼べたけど、吉野《よしの》さんしか部屋にいない状態だと吉《よし》野《の》さんと呼んでしまう。

でも吉野《よしの》さんが「陽都《あきと》くん」って呼んでくれて嬉《うれ》しかったから、今日からちゃんとする。

俺は吉野《よしの》さん……じゃない、紗良《さら》さんのほうを向いて、

「今日から、紗良《さら》さんって呼びます」

「!! あ、はい。辻尾《つじお》……じゃなくて……あ、陽都《あきと》くん」

改めて目の前で名前で呼ばれると、心臓がドキドキして息が苦しい。

俺たちは机を挟《はさ》んで正座してこんなことを宣言しあって、もう何をしているのか全く分からない。

いつものほうが全然自然にできているのに、お互《たが》いにカチカチに緊張《きんちょう》して……ふたりで目を合わせて笑ってしまった。

紗良《さら》さんが持って来てくれたのは、俺が手土産《てみやげ》に持たされたマドレーヌだった。

母さんに「吉野《よしの》さんの家にご挨拶《あいさつ》にいく」と言ったら「よっしゃあ言ってくれた助かったぁあ！」とお気に入りのお店のお菓子《かし》を持ってきてくれた。

こういうときに何を持って行ったら良《い》いのか、そもそも持って行くべきなのか、全然分からなかったから助かる。

紗良《さら》さんはそれを一口食べて、

「……美味《おい》しい。すごくふわふわなんだけど、さくりとしてる」

「母さんがよく行くお店のマドレーヌなんだけど、ベタベタしてなくて旨《うま》いんだよな」

「これを陽都《あきと》くんはいつも食べてるのね。そういうの知れて嬉《うれ》しい」

「……そんなこと言ったら、もうこの紗良《さら》さんがたっぷり詰《つ》まってる部屋にいるのが、もうちょっと……すごいよ」

紗良《さら》さんは甘い物を食べてオレンジジュースを飲んで少し落ち着いたのか、勉強机に座り、

「ここ。ここに、いつもスマホを置いて話してるの」

「紗良《さら》さんがお茶を取りに行ってる時に気がついた。この角度、見覚えあるなって」

「陽都《あきと》くんと通話繋《つな》いで一緒《いっしょ》に勉強するの、すごく好きだから」

「うん、俺も。こうなって親にも挨拶《あいさつ》すると……更《さら》に成績落とせないって感じがする」

「分かる。でも……もう下手に勘《かん》ぐられることもないし、バレて困ることもないの」

紗良《さら》さんは俺の横にちょこんと座った。

俺は思い出して口を開く。

「バイト先変えるのはいつから？」

「来週からだよ。あっちは先週いっぱいで辞《や》めたの」

「そうなんだ。いや……驚《おどろ》いた。紗良《さら》さんがあそこで働くなんて。何度か手伝ったけど俺の感想だと……すげー疲《つか》れるから」

「女の人が多い環境《かんきょう》だし、男の人はそれだけでキツいかも。何がしたいかなんて全然分からないけど、色々やってみようとおもって。それに時給も変わらないの。ほんと色々やらなきゃいけないんだけど」

そう言って苦笑《くしょう》した。

紗良《さら》さんに「カフェのバイトをやめて夜間学童保育でバイトする」と聞かされた時……実は安心した。

やっぱりあのカフェは危ない。この前も同じ系統の店が姉の身分証明書で潜《もぐ》り込んでいた中学生を雇《やと》っていて、店側が摘発《てきはつ》されていた。

同じことが紗良《さら》さんが働いている店で起きても変じゃない。だから少し心配してた。

品川《しながわ》さんも最近ガサ入れが増えたのを聞いていて、紗良《さら》さんを夜間学童保育のバイトに積極的に声をかけたんじゃないかと思ってる。

ありがたいし、何より安心した。

俺はオレンジジュースを飲み、気になっていたことを口にした。

「変装は、もう、しない、の？」

「ううん。私ね、やっぱり好きなの、別人になれるのが。だからね、変装っていうか、変身はしたいなって思ってる」

「そっか」

「荷物全部トランクルームから持ってきてもいいけど、さすがにあの服装で家に帰ってきたらお母さん、泡《あわ》ふいて倒《たお》れちゃいそう」

「そっか、変装は続けるんだ」

「……陽都《あきと》くん……ひょっとして、変装してる私のが、好き？　明らかに安堵《あんど》したけれど？」

そう言って紗良《さら》さんは俺のほうを目を細めて見た。

ぎく。俺は唇《くちびる》を噛《か》んで……まあ、ここで嘘《うそ》を言っても仕方がないので、

「実ははじめて会った時のミニスカとか、ウイッグとか、メイクとか……すげー好きです……」

「どこら辺り？　あのベージュのが好き？」

「……黒のロングにメッシュも……」

「ふうん。スカートはやっぱりミニ？」

「スリットが入ってたスカートも……すごく……好きです」

俺がそう告白すると紗良《さら》さんは俺のほうに近付いてきて、

「嬉《うれ》しいな。また可愛《かわい》くするね」

「……はい。あの……今日のワンピースもすごく可愛《かわい》い。クラシックな感じもいいです……」

「そう？　そうなんだ。これ家で無理矢理渡《わた》されてるってイメージだからあんまり好きじゃないけど、陽都《あきと》くんが良《い》いなら、いい。これで駅まで送る？」

「はい……すごくいいです……」

俺はコクンと頷《うなず》いた。

実は玄関《げんかん》を開けたときに顔を見せてくれた紗良《さら》さんの服装がすごく可愛《かわい》くて、ドキドキしていた。白と黒のクラッシックなワンピース。膝下《ひざした》までふわりと広がる品の良さで、お嬢《じょう》さまという感じがすごい。

紗良《さら》さんは「そう？」と不思議そうにワンピースの裾《すそ》を持って俺の方を見た。

そして俺に一歩近付いて、

「これで家には堂々と入れるんだから、今度誰《だれ》もいないとき来てね」

と袖《そで》を引っ張った。

俺は紗良《さら》さんのおでこにトスン……と自分の頭をぶつけた。

「……あのさ。家に入れるようになったからちゃんと言うけど。もちろん紗良《さら》さんに触《ふ》れたいけど、いやすげ――触《ふ》れたいけど。紗良《さら》さん、合宿の時もそうだったけど、すげー煽《あお》ってくるじゃん。もうほんと、危なかったよ、映画部で行った合宿の時」

映画部の合宿で、二人きりになった夜。

紗良《さら》さんは俺を両方の太ももで挟《はさ》んで、もう……すっごいエッチなキスをしてきて、正直理性が壊《こわ》れる一秒前だった。

合宿じゃなかったら、もっと触《ふ》れていた。でもあの時思ったんだ。

「紗良《さら》さん、頭のどこかで『彼氏《かれし》だからエッチなことしなきゃ駄目《だめ》』って思ってそうだなって思って」

「え……そんなこと思ってないけど……でも友梨奈《ゆりな》はすごいし……そうなのかなって、思ってるかも……知れない……」

そう言って俯《うつむ》いた。

俺は少し頭を離《はな》して紗良《さら》さんの両頬《りょうほお》を包み、まっすぐに目を見た。

「俺も全部はじめてだから、ふたりでゆっくり、色々重ねていけたらなあと思う。誰《だれ》かと比べないで、一緒《いっしょ》にしないで。俺と紗良《さら》さんのペースで一緒《いっしょ》にいたいなと思う」

俺がそう言うと目を細めて表情をくしゃりと緩《ゆる》めて、

「なんか、すっごく大切にされてる」

「すごく、大切なのでここまで来ました」

「すっごく大切にされてる！　すごい、すごいなあ……」

そういって紗良《さら》さんは俺にしがみついた。

そして俺の頬《ほお》に優《やさ》しくキスをして、

「私のはじめての彼氏《かれし》が陽都《あきと》くんで良かった」

と微笑《ほほえ》み、その後も抱《だ》きついて甘えて「嬉《うれ》しい、好き」と何度も胸元《むなもと》にぐりぐりした。

俺はそんな紗良《さら》さんをただ抱《だ》き寄せた。可愛《かわい》い、本当に可愛《かわい》いけど……今日はもう本当に疲《つか》れた。

俺たちは外に出て、ゆっくりと確実に、指と指を絡《から》ませるように手を繋《つな》いだ。

紗良《さら》さんはスカートをふわふわ揺《ゆ》らしていて、いつもより上品なメイクもすごく可愛《かわい》いと思った。

そして明日の朝、一緒《いっしょ》に学校にいくことを約束した。

今までしたかったことを、これから先の紗良《さら》さんとたくさんしたい。

第3話　甘き通学路

「あら、これ陽都《あきと》。陽都《あきと》出てくるんじゃない？」

「何？」

「後ろのテレビ、ＪＫコンのロゴが出てる、リモコン！」

朝ごはんを食べていたら、俺の後ろにあるテレビを見ていた母さんが叫《さけ》び始めた。

振《ふ》り向《む》くと、朝の情報番組に『ＪＫコン』というロゴが出てきた。そして司会者が説明をはじめる。

『女子高生コンテスト、略してＪＫコンテストなのですが、こちらは今一番熱い高校生の新人を発掘《はっくつ》するコンテストになっていまして、ここで優勝すると、今スタジオに遊びに来てくれている美穂《みほ》ちゃんのようにドラマに出演したり、ＣＭに出られたりするんです！』

「陽都《あきと》が映るかもしれないわ、陽都《あきと》が！」

それを見ながら、母さんが慌《あわ》ててリモコンを探している間に、家のテレビに俺が作った映像が流れはじめた。

おお、すごい。思わずスマホでテレビの写真を撮《と》った。

カメラがスタジオに切《き》り替《か》わり、そこにＪＫコン出身で、この局が作っているドラマに出演するアイドルが出てきて番組宣伝をはじめた。

なるほど。こういう風に使われたりするのか。

母さんはやっとリモコンを発見して録画を始めたが、もう内容はドラマの番宣に切《き》り替《か》わっていた。

「え――。陽都《あきと》は？　陽都《あきと》は映らないの⁉」

「これＪＫコンで優勝した子が出るドラマの宣伝だから。……あ、ほら、でもまだ後ろに映ってる」

「あっ、本当だ！　ちょっとドラマは良《い》いから後ろの画面を、あ――、もう！」

スタジオではまだアイドルの子がドラマの話をしているが、その後ろにＪＫコンの映像が流れていて、俺たち映画部が優勝して喜んでいるところも少し映っていた。

おお……地味に嬉《うれ》しい。スマホに通知が入って見ると、品川《しながわ》さんと店長からほぼ同時に『出てんじゃん！』とＬＩＮＥが来てた。俺が「ＪＫコンってのに出るんです」と言った時は反応が薄《うす》かったのに、テレビに出た瞬間《しゅんかん》にこれで面白《おもしろ》すぎる。

「穂華《ほのか》ちゃんって子、すごく頑張《がんば》ったのねえ、一位だなんて。同じ部活にそんな子がいるなんて、すごいわね。芸能人みたい！」

母さんはそう言って笑顔《えがお》を見せた。

ＪＫコンはクイーン＆キング部門と、青春ＪＫ部門の二種類に分かれていた。

紗良《さら》さんの親友で売れないアイドルだった穂華《ほのか》さんが出場を希望したのは、部活単位でのエントリーが必要な青春JK部門だった。俺たちは三年前に潰れて動いてなかった映画部を復活させて、知名度が低かった穂華《ほのか》さんが勝てそうな企画《きかく》を考えて作ったのは俺だけど、そんなこと母さんに説明にしても分からないから黙《だま》る。母さんはコーヒーを一口飲んで、

「陽都《あきと》もテレビに出たからって浮《う》かれてないで、もう高二の夏よ。すぐに受験が来るから、いつまでも遊んでないで勉強しないとダメよ」

遊んでないで。それを聞いてため息をついて食器を片付けた。

つまり俺はJKコンでただ遊んでいた人だと思われてるんだ。

実はJKコンで優勝したあと、主催《しゅさい》しているさくらWEBの人に「夏休み、一緒《いっしょ》に何かしよう」と誘《さそ》われた。それを話したら「まだ遊ぶのか」と言われるのは目に見えている。

俺は逃《に》げ出《だ》すように家を出た。


外の空気はみっちりと逃《に》げ場《ば》がないほど熱せられていて、俺は少しでも汗《あせ》をかかずに済むように日陰《ひかげ》を歩いた。

何と今日から、朝、吉野《よしの》さん……違《ちが》う、紗良《さら》さんと一緒《いっしょ》に登校するんだ。

うちの学校は駅から商店街を抜《ぬ》けた所にあり、徒歩だと二十分程《ほど》かかる。だから半分くらいの生徒は駅からバスに乗る。

でも彼氏彼女《かれし》がいる人は、商店街の真ん中の道をふたりで歩いて登校するんだ。

それをすると『付き合い始めました』と公言するのと同じだ。

というか、知らせるためにわざわざ一緒《いっしょ》に登校する。

あの真ん中の道をカップルで歩く奴《やつ》らは自慢《じまん》したいだけだ。そう俺は今日、お披露目《ひろめ》&自慢《じまん》するためにメイン通りを歩く！

電車から下りてホームを歩いていたら、改札横に紗良《さら》さんが立っていた。

暑い朝なのに、凛《りん》とまっすぐに立っていたけど、ポケットから丸くて小さな鏡を出して、前髪《まえがみ》をチョイチョイと直した。

そしてまた直立姿勢に戻《もど》ったけど、先輩《せんぱい》に話しかけられたのか、頭をさげて挨拶《あいさつ》した。また髪《かみ》の毛《け》が気になったのか、鏡を取り出して前髪《まえがみ》を直した。そして次は制服のリボンが気になったようで、結び直そうと大きな鏡の前に移動しようとしたけれど、スマホを取り出して俺が来るかも……とキョロキョロしている。

……すげー可愛《かわい》い。

俺は早足で紗良《さら》さんの所に向かい、

「おはよう」

「辻尾《つじお》くん！　……じゃない、陽都《あきと》くん、おはよう」

そう言って顔中の力を抜《ぬ》いて、眉毛《まゆげ》をふにゃりと下げて笑顔《えがお》になった。

制服のリボンが少し斜《なな》めになっていたので、俺は手を伸《の》ばしてリボンを結び直した。

紗良《さら》さんは俺から視線を外してモジ……と斜《なな》めを見て、それでも嬉《うれ》しそうに一歩寄《よ》って少し小さな声で、

「……おはよう」

と噛《か》みしめるように、もう一度言いたくて仕方が無かったという顔で言った。

「私、すごく嬉《うれ》しくて二回おはようって言っちゃった。だって、はじめて一緒《いっしょ》にいく日だし。何度言ってもいいでしょう?」

「うん。俺もすげー楽しみにしてた。行こうか」

そう言って手を差し出すと、パアッと笑顔《えがお》になって手を出したけど、すぐに周りを見て指先をモジと丸めた。

そして俺の指先にチョンと触《ふ》れたが、すぐに手を引っ込めて俯《うつむ》いて、

「すごく楽しみにしてきたんだけど、でもなんか周りが見てる気がするの。それにずっと真面目にしてきたから、朝からこんな風に……か、れ、し……と手を繋《つな》いで学校に行くとか……ちょっとキャパオーバーっていうか……すごく恥《は》ずかしくて……でもしたくて……朝からすごく悩《なや》んでたの。嬉《うれ》しいのと恥《は》ずかしいのと、駄目《だめ》なことしてるって気持ちがいっぱいなの」

言いながら俯《うつむ》いている紗良《さら》さんが可愛《かわい》くて俺は顔をのぞき込んだ。

紗良《さら》さんはずっと学校で真面目な優等生をしていた子だ。だから戸惑《とまど》ってしまうのも分かる。

でも俺と登校するのを、すごく楽しみにしててくれたのも、よく分かる。

俺は紗良《さら》さんを促《うなが》して改札を出て、商店街を歩き始める。

「ほら、見て？　あっちもこっちもカップルだらけ。うちの高校はイベントも多いし、付き合ってる奴《やつ》ら結構多いんだ」

「……本当ね」

「みんな好きな相手のことしか見てないし、他の奴《やつ》らのことなんて気にしてないよ。俺は今日一緒《いっしょ》に登校できるの、すげー楽しみにしてきた」

「私も！　私もね、すごく楽しみで、昨日の夜眠《ねむ》れなかったくらいなの」

そう言って三つ編みの先を摘《つ》まんで指先でいじった。

「だから大丈夫《だいじょうぶ》だよ。行こう？」

俺が再び手を出すと、パアと目を輝《かがや》かせて、手を出しかけたけど、

「あ、ちょっと待ってね、なんか手にすごく汗《あせ》かいてる」

そう言って紗良《さら》さんは制服のポケットからハンカチを取り出して、掌《てのひら》を丁寧《ていねい》に拭《ふ》いて、俺のほうに差し出した。俺はその白くて小さい掌《てのひら》をキュッと握《にぎ》った。その手は汗《あせ》をかいているからか、指先が冷たくて、俺は包み込むように握《にぎ》った。紗良《さら》さんは俺の横で腕《うで》に軽くしがみ付いて、

「……えへへ。一緒《いっしょ》に登校だね。おはよう陽都《あきと》くん」

「おはよう」

何回挨拶《あいさつ》するんだろう。もう可愛《かわい》くて仕方がない。

紗良《さら》さんは俺の腕《うで》にキュッとしがみ付いて、

「昨日は家に来てくれてありがとう。あのね、はじめての彼氏《かれし》ができて、悪いことしてるわけじゃないのに、どこかずっと悪いことをしてる気持ちがあって。陽都《あきと》くんをすごく好きなのに、その気持ちが駄目《だめ》な気がして心苦しかったの。でもお母さんに会ってもらえたことで、そのぎゅーって苦しい部分が少し楽になったの」

そんな風に感じていたなんて知らなかった。

「……行って良かった。あの後、お母さんに何か言われた？」

「お礼言っておいてって言われちゃった。問題は友梨奈《ゆりな》かな……。なんかもう匠《たくみ》さんと別れるって言い始めて」

「そういえば、匠《たくみ》さん。部屋で机の引き出しの中を勝手に見るとか言ってたね」

「前から、友梨奈《ゆりな》に着てほしい服や靴《くつ》をプレゼントする人で、自分色に染めたいのかな……って話してたけど、ここにきて怪《あや》しいみたい」

友梨奈《ゆりな》さんの彼氏《かれし》は体育祭の時にチラリと見たけれど、体格が良くてカッコイイ人だった。スーツを着ていたこともあり、すげー大人に見えたことしか覚えてない。

俺は優《やさ》しく紗良《さら》さんを引き寄せて、

「どっちにしろ上手《うま》くいくといいね」

「友梨奈《ゆりな》はね……匠《たくみ》さんで五人目……六人目かな？　すぐに付き合って別れるの。でも今回は結婚《けっこん》を視野にいれてるのかなと思ってたけど……そんなこと友梨奈《ゆりな》は考えないわよね。私ならお母さんの仕事関係者と簡単に付き合ったり別れたりできないなーって……だって期待されてることが全部分かるから」

そう言われると、紗良《さら》さんの横にスーツを着た男性が立った絵が脳内に浮《う》かんでムカッとした。

「仕事関係の人なんて付き合わなくて良いよ。紗良《さら》さんの彼氏《かれし》は俺だし」

「!!」

そう言うと驚《おどろ》いた表情で俺のほうを見て、すぐに目尻《めじり》を下ろして腕《うで》にぎゅうぎゅうとしがみ付いて、

「うん。そう、私の彼氏《かれし》は陽都《あきと》くん。えへへ、嬉《うれ》しい。もうすぐ夏休みだし、たくさん一緒《いっしょ》にお出かけしたいなあ」

「前に話してたじゃん。駄菓子《だがし》持って山に行こうよ。俺、面白《おもしろ》そうな施設《しせつ》見つけたんだ」

「行きたい！　夏休みが楽しみなの、はじめて。いつもずっと塾《じゅく》に行ってただけだから」

「そっか。じゃあ一緒《いっしょ》にたくさんお出かけしよう。あ、でもさくらＷＥＢで企画《きかく》しようって言われてるんだよな……」

紗良《さら》さんは俺のほうを見て目を大きくして、

「そういえば朝の番組見た？　少し映ってた」

「見た見た！　俺テレビの画面写真撮《と》っちゃったよ」

俺たちは日陰《ひかげ》だけ涼《すず》しい、もう夏が少し始まっている商店街を手を繋《つな》いで歩いた。いつもの商店街なのに紗良《さら》さんと歩くとすごく楽しくて学校への道のりが近く感じた。

放課後のクーラーが効いた映画部部室。穂華《ほのか》さんはジュースを飲みながら、

「朝からイチャイチャしてるの、めっちゃ目立ってたっス。おつでーす」

平手《ひらて》はパソコンモニターの向こう側から、ひょいと目を出して、

「お付き合い始めたんだね、吉野《よしの》さんと辻尾《つじお》くん。おめでとう。仲が良《い》いなあと思ってたけど。お似合いだよ」

中園《なかぞの》はソファーに転がってスマホをいじりながら、

「いつもの電車に陽都《あきと》がいねーからさあ～俺遅刻《ちこく》するところだったよ。なんだよ、開き直ることにしたのかよ、かーっ!! 陽都《あきと》に彼女。は～～～」

三人とも祝福してるのか微妙《びみょう》な感じだが、まあ想定内の反応だ。

一緒《いっしょ》に登校した反響《はんきょう》は予想より大きかった。紗良《さら》さんが真面目な委員長であること、そして俺がJKコンで少し有名になったことが大きい気がする。でもこんなの初日だけで、明日からは誰《だれ》も気にしないことを俺は中園《なかぞの》を横で見てるから知ってる。俺は頭を掻《か》き、

「みんなの前でイチャイチャ……とかはしないと思う。紗良《さら》さんもそういうの苦手だと思うし」

　それを聞いた穂華《ほのか》さんが椅子《いす》からオーバーアクションで立ち上がり、

「紗良《さら》さん！　紗良《さら》っちのこと、紗良《さら》さんだって！　もう充分《じゅうぶん》なイチャイチャですよ、イチャイチャ見せつけ料金払《はら》ってほしいレベルです。は――、でも紗良《さら》っち、良かったね」

「穂華《ほのか》ありがとう。朝の番組見たわよ」

「そうです、皆《みな》さん、見ました⁉　私も朝の情報番組デビューですよ！　そして私っ、事務所からお仕事頂きましたっ！」

　俺は目を丸くする。

「おお、それは良かった」

「うちの事務所、夏休みに所属しているアイドル百人以上が出る大規模なイベントするんです。その番組はテレビで流れるんですけど、裏でもカメラ回してて。それはYouTubeでずっと配信されるんですよ。その司会に抜擢《ばってき》されたんです」

「すごいじゃん」

「裏司会って呼ばれてる仕事なんですけど、所属アイドル全員を把握《はあく》して、ずっと話す必要があって大変なんですけど、私向きって感じで嬉《うれ》しいです！」

「穂華《ほのか》さん、誰《だれ》とでも話せるから得意そう」

「そうなんですよ、ありがとうございます！　それで平手《ひらて》先輩《せんぱい》！　そのイベントで、私に密着してほしいんですけど、カメラをお願いできますか？」

「え？　俺？」

平手《ひらて》は突然《とつぜん》頼《たの》まれて、驚《おどろ》いてパソコンから顔を上げた。穂華《ほのか》さんは平手《ひらて》の横の椅子《いす》に座り、

「平手《ひらて》先輩《せんぱい》JKコンの時、私を主役に撮《と》ってくれるの良く分かって嬉《うれ》しかったんです。それにカメラもすごく上手だし編集もシンプルで好きなんです」

「……俺でいいの？」

「私を目立たせてくれる平手《ひらて》先輩《せんぱい》が良《い》いんです。夏休みのここなんですけど、どうですか？」

「……良《い》いけど」

「よろしくお願いします！　ちゃんと事務所からお金が出ますよ！」

「おお、それはすごい」

平手《ひらて》は笑顔《えがお》を見せた。穂華《ほのか》さんは全く売れてないアイドルだった。その穂華《ほのか》さんをJKコンで優勝させて仕事を増やすのが一番の目的だったから、これは嬉《うれ》しい。

平手《ひらて》は本人の主張があまり強くないから、主役が映《は》える撮影《さつえい》をする。

だからアイドルの撮影《さつえい》にはすごく向いている気がする。

穂華《ほのか》さんはもう打ち合わせが始まるので、そこから密着してほしいと話し始めた。

なるほど。穂華《ほのか》さんに大きな仕事が入って、平手《ひらて》も手伝う。それはすごく好ましい展開なんだけど……。俺は椅子《いす》に座り直し、

「実はJKコンが終わったタイミングでさくらWEBに誘《さそ》われたんだけどさ……」

さくらWEBはJKコンを主催《しゅさい》していたWEBテレビを持っている企業《きぎょう》だ。JKコンで俺が作った映像を見た人が、さくらWEBで最も人気がある番組……4BOXと映画部でコラボしないかと誘《さそ》ってくれたんだけど、穂華《ほのか》さんと平手《ひらて》がいないなら、しなくて良い気がする。そう説明すると穂華《ほのか》さんは俺に一歩近づき、

「私イベントの裏司会ありますけど、4BOXに出るのは夢なのでやりたいです」

「ふたつ大きな仕事を同時にするのは無理なんじゃない？　まず所属事務所で実績残すのが大切な気がするけど。そこで頑張《がんば》らないと次も無さそうだし」

「それは分かってるんですけど──……」

穂華《ほのか》さんは唇《くちびる》を尖《とが》らせた。

チャンスを逃《のが》したくないのは分かるけど、パッと調べた感じ穂華《ほのか》さんの事務所が開催するイベントはかなり大きい。それと同時にさくらWEBに関わるのは難しそうだ。俺も紗良《さら》さんとデートしたいし、今回は断ろう……と思ったら、ソファーから中園《なかぞの》が起き上がって、

「じゃあ俺にしとく？」

「え？」

その言葉に映画部メンバー全員、キョトンとした。

俺は中園《なかぞの》の方を向き、

「そういえば中園《なかぞの》、さくらWEBの人に一緒《いっしょ》にやらないかって誘《さそ》われてたよな」

忘れていた。

JKコンの後、俺だけじゃなくて中園《なかぞの》もさくらWEBのプロデューサー、安城《あんじょう》さんに声をかけられていた。でも中園《なかぞの》は顔の良さから、これまで色んな事務所から声をかけられていたけど、全部断っていた。あの時もそんな乗り気に見えなかったのに……？

中園《なかぞの》はスマホをいじって口を尖《とが》らせ、

「ちぇ、メール来ねー。俺ゲームできればそれで良《い》いから、さくらWEBなんて興味無かったんだけど、すげー昔の知り合いで、全然連絡《れんらく》が無かった人がさ、朝の情報番組で俺を見たみたいで。さっき四年ぶりにメールが来たんだよ」

四年ぶり。俺は思わず笑ってしまう。

「テレビって、思ったよりすげーな」

「な。俺もテレビ見ないし、メールが来るまでテレビに映ったことも知らなかった。その人全然ゲームしないから俺がプロゲーマーになったことも知らなかったみたい。朝ここで配信してるってメールしたけど、全然返信来ないんだよなー」

「LINEは？」

「しない人。メアド持ってたことが驚《おどろ》きなレベルでアナログ」

「へー。連絡《れんらく》あって良かったな。いや、俺のバイト先の人もテレビで見たことはすぐに言ってきたし、母さんも大騒《おおさわ》ぎだった」

「な。こうなると有名になるのも悪くねーって気がしてきた。てか、メールなんて使ってなさすぎてスパムしか来てない。さっきから全部要《い》らないの解除してるんだけど、無限にくるわ」

そう言って中園《なかぞの》は顔を上げて、

「だからさくらWEBで何かするの、俺は全然OK。週末みんなでさくらWEBいくだろ。そん時話そうぜ」

「中園《なかぞの》がやる気なら、全然良《い》いよ」

「おけおけ」

そう言って中園《なかぞの》はスマホ画面に戻《もど》った。

映画部と4BOXのコラボなんて、表にすげー出たいヤツがいないと無理だと思っていた。さくらWEBに所属している子を使って何かする……とか一瞬《いっしゅん》考えたけど、それじゃ映画部コラボの意味がない。どうしようかなと思っていたけれど、中園《なかぞの》が前面に出るなら問題解決だ。

来週から夏休みになる。そのタイミングでさくらWEBに行って打ち合わせをすることになっている。その時話そうぜ～とみんなで部室を出た。

夏休みだ！

第4話　さくらWEBへ

「おはようございます。お久しぶりです」

「陽都《あきと》くん、久しぶり！　朝早くから来てくれてありがとう。合宿で達也《たつや》に付き合ってくれて助かったわ」

「いえ、俺も楽しかったので」

俺はそういって出されたお茶を飲んだ。

先日から夏休みになり、朝から中園《なかぞの》の家に来ている。

中園《なかぞの》の親は離婚《りこん》している。離婚《りこん》理由が親父《おやじ》さんの不倫《ふりん》で、中園《なかぞの》は親父《おやじ》さんを嫌《きら》っている。行きたくないけど、離婚《りこん》時の条件で会う必要があり、中園《なかぞの》が映画部を巻き込んだ形で親父《おやじ》さんの住む伊豆《いず》の別荘《べっそう》にいった。でも俺は紗良《さら》さんとイチャイチャできたし、普通《ふつう》に楽しかった。

中園《なかぞの》のお母さんが俺の母さんに「合宿に行ってくれてありがとう～」とお菓子《かし》を渡《わた》し、「お菓子《かし》をありがとう～」と俺の母さんが中園《なかぞの》の母さんに菓子《かし》を準備したので持って来た。

中園《なかぞの》のお母さんと、うちの母さんは、昔から無限にお菓子《かし》交換《こうかん》会をしている。何か意味があるのかなと思うけど、お互《たが》いが知らないオススメを渡《わた》しあうのが楽しいらしい。菓子《かし》が無限に行き来する世界……よくわからん。結局菓子《かし》じゃん。

中園《なかぞの》のお母さんはお菓子《かし》を見て目を細めてお礼を言い、

「今日は映画部の子たちとさくらWEB行くのよね。メインはWEBテレビの会社なのよね？」

「そうですね、オリジナル番組を多く手がけています」

「JKコン、陽都《あきと》くんの活躍《かつやく》すごかったわ。私、番組とか全然知らなかったけど出してたゲームは知ってたの。家作りゲーだったけど面白《おもしろ》いの」

「俺はアプリとWEB番組のことしか知らないですけど、安城《あんじょう》さんは面白《おもしろ》そうな人でした」

「私も先週お会いしたわ。ゲームの話ばかりしちゃったけど！　もう高校生だからストリーマー契約《けいやく》も本人に任せてたんだけど、今契約《けいやく》してる所はプレゼントとか開封《かいふう》もせずに、こんな風に送りつけてくるのよ。今、荷物の中にGPS入れて自宅特定とかしてくるから危ないでしょ。そしたらさくらWEBはそういうの全部確認《かくにん》してくれるって言うから、所属だけでもそっちのが良さそうねって」

そう言って中園《なかぞの》のお母さんは玄関《げんかん》横に積まれた段ボールの山をトントンと叩《たた》いた。

そこには配達で届いたらしい荷物が山積みになっていた。

この量で届いたら、中身を確認《かくにん》するのは大変そうだ。

中園のお母さんは段ボールをビリビリ開けながら、

「まあ私も忙《いそが》しくて生活用品全部配達させちゃってるから、多いんだけど。って、ちょっと待ってね。待たせすぎよね。達也《たつや》ー!?　陽都《あきと》くん待ってるわよ、何してるのー！」

待たせてごめんなさいね、とお母さんは俺に謝り、玄関《げんかん》から離《はな》れて二階へ向かった。

俺は玄関《げんかん》に置いてある竹製のベンチに座り、庭にある水が溜《た》まっている石に遊びに来た鳥を見て中園《なかぞの》が出てくるのを待った。

中園《なかぞの》の家は今時珍《めずら》しいくらい古い日本家屋で、松の木があり、なんかかっこ良い石がはめ込んである庭もある。家には長細い縁側《えんがわ》があって、中学の時うちの母さんと一緒《いっしょ》にお邪魔《じゃま》して、ここでBBQしたこともある。離婚《りこん》記念みたいな会で、中園《なかぞの》のお母さんとうちの母さんは、しこたま飲んで、俺も中園《なかぞの》の部屋に泊《と》まった。

小学生の時はよくこの家に来たなあと思いながら庭を見ていたら、中園《なかぞの》が二階から下りてきた。

「うい――す。おまたせ〜。あ、望遠鏡届いてる。ちょっとまって」

「なんだよ、まだ行けねーのかよ」

「これ湿度《しつど》ダメだから、上で出すだけ。ちょい待ち」

そう言って中園《なかぞの》は玄関《げんかん》に置いてあったゴルフバッグを抱《かか》えて再び二階に消えた。

俺は時間をしっかり守りたいタイプの人間なので、遅刻《ちこく》が嫌《きら》いだ。

中園《なかぞの》が遅刻魔《ちこくま》だと知っていてかなり早めに来たから、まだ大丈夫《だいじょうぶ》だけど。

「再び、うい――す」

「おせーよ」

「まだ全然余裕《よゆう》じゃん。陽都《あきと》行動早すぎ」

のんびりしている中園《なかぞの》を急《せ》かして家を出た。

朝なのに夏本番という日差しがキツくて、ふたりで壁《かべ》沿いの日陰《ひかげ》を歩いた。

中園《なかぞの》とは小学校高学年から仲良くなり、道が数本離《はな》れたところに家があるので、よく一緒《いっしょ》に帰った。

基本的な通学路は決められていたけど、俺たちは太陽に当たらずに駅まで行ける道を探すのに心血を注いでいたので、この時間帯に日陰《ひかげ》になる道を知っている。中園《なかぞの》は日陰《ひかげ》をジャンプで移動しながら、

「あれ、ここ何か変わってね？　何があったんだっけ。マンションになってんじゃん」

「なんか古い家だったぽくね？　井戸がありますって表示があった気がする」

俺たちは日陰《ひかげ》を移動して大きな交差点に到着《とうちゃく》、コンビニの入り口付近でたまに出てくる冷気を浴びて生き返ったりした。

この行動も中学生の時、暑い日はいつもしていたことだ。ここに立ってるだけで涼《すず》しい。

中園《なかぞの》は荷物を背負い直し、

「あー、暑くて外がイヤすぎる。家が最高だ。天体望遠鏡も戻《もど》ってきたし、夏休みうちで、天体観測しようぜ。それ撮《と》ってさくらWEBで流してよ」

「天体観測⁉　中園《なかぞの》そんなことすんの⁉」

「合宿の時に言ったじゃん、俺わりと得意なんだって」

「……そういやそんなこと言ってたな」

合宿の時は、紗良《さら》さんとイチャイチャすることしか考えてなかったからついて行かなかったけど、屋根裏で星を見るとか言ってた。中園《なかぞの》は俺の後ろを歩きながら、

「陽都《あきと》は、昔うちで一緒《いっしょ》に天体観測したじゃん」

「え？　そんなことしたっけ」

「日本人形がいた階段、覚えてねえ？」

「‼　あった、それは覚えてる」

俺はグリンと振《ふ》り向《む》いて叫《さけ》んだ。

小学生の頃中園《ころなかぞの》の家に遊びに行った時、二階のトイレだと思ってドアを開けたら、そこに日本人形が並んでいて悲鳴を上げて逃《に》げ出《だ》した。その先に階段があって、屋根裏に行けたことだけは覚えている。中園《なかぞの》は「そうそう」と楽しげに笑い、

「あそこから上って屋根裏で一緒《いっしょ》に星を見たじゃん」

「いや、階段に無限に並ぶ日本人形のことしか覚えてない」

「あれまだあるぜ。映《は》えるから撮影《さつえい》してさくらＷＥＢで使おう」

「やべーよ、こえーよ！」

「あそこにあった天体望遠鏡、この前合宿で親父《おやじ》のところ行ったら、屋根裏に置いてあってガ

チびっくりしたわ。キレて連絡《れんらく》して送らせた」

そう言われて、そういえばさっき玄関《げんかん》に転がっていた荷物を「湿度《しつど》がダメだから」と二階に即《そく》運んでいたな。あれが取《と》り戻《もど》した天体望遠鏡なのか。え、わざわざクソ嫌《きら》いな親父《おやじ》さんに連《れん》絡《らく》取って、送らせたってこと？　中園《なかぞの》は続ける。

「あれ俺に久しぶりにメールしてきた桜子《さくらこ》さんの持ち物なんだよ」

「ああ、テレビ見て連絡《れんらく》してきたって人？」

「そうそう。いや――、嬉《うれ》しかったな。ずっと連絡《れんらく》先探してたんだけど、わかんなくて。まさかテレビに出たらメールくれると思わなかった」

俺は立ち止まって振《ふ》り向《む》く。

「まさかお前、さくらWEBに出るのも、天体望遠鏡取《と》り戻《もど》して、それを使ってるところ撮影《さつえい》して流せっていうのも、その人に見せるため？」

「そうそう。いや――、嬉《うれ》しくね？　ずっと連絡《れんらく》なかった人が『見てるよ』って言ってくれるの。人生にやる気出てきたわ」

「え。そんなレベルで、今まで断ってた配信会社と契約《けいやく》するもん？」

中園《なかぞの》は俺を睨《にら》んで、

「陽都《あきと》だって吉野《よしの》さんにカッコイイ所見せたくて体育祭の実行委員もＪＫコンもやったんだろ」

「……ぎく」

「おかしいと思ったんだよ。一年の時は何もしなかった陽都《あきと》が突然《とつぜん》実行委員とか立候補してさあ。ずっと『俺はもう何もしたくない、学校では目立ちたくない』とか言ってたのに。お前元々そういうキャラじゃないのにさあ」

「……うんまあ、そういうもんだよな。そうだそうだ、連絡嬉《れんらくうれ》しいよな、分かる分かる」

「だよなあ、陽都《あきと》は分かってくれるよなあ、それで吉野《よしの》さんゲットしたんだもん、分かってくれるよなあ」

中園《なかぞの》はニカッと笑って、ポケットからスマホを取りだして改札にタッチした。

そう言われてしまうと何も言えないし、よく考えたらその通りだ。

俺も紗良《さら》さんがいなかったら、体育祭の実行委員なんて立候補しなかったし、JKコンなんて絶対やらなかった。

よく考えたら分かるわ、うんうん。でも待てよ、俺は紗良《さら》さんが好きだからしたけど……つまり中園《なかぞの》はその天体望遠鏡の持ち主で、久しぶりにメールしてきた桜子《さくらこ》さんという人が好きってことか。

でもまあ、今まで浮《う》き草《くさ》のようにフラフラしてたのに好きな人に連絡《れんらく》が取れたなら学校で付き合った別れたりしなくなって、むしろ良《い》い気がする。

さくらWEBがある駅に到着《とうちゃく》した。

ここは俺たちが学校に通う路線の途中《とちゅう》にある。三路線が乗り入れている巨大《きょだい》な駅だけど、駅の構造が複雑だから俺はあまり使わない。駅から出て徒歩数分で目的のビルに到着《とうちゃく》した。

なんというか……俺は見上げて呟《つぶや》く。

「デカすぎね？　さくらWEBこんな所にあんの？」

「おっ、陽都《あきと》見ろよ、一階にラーメン屋あるぞ。一階に下りただけでラーメン食べ放題じゃん」

「三食ラーメンできるじゃん。中園《なかぞの》、カレーもあるぞ」

「まじか！　さくらWEB悪くねーな」

さくらWEBが入っているビルは、地下にスタジオや劇場があり、一階から四階までは商業施設《しせつ》、そして四階から十階までマンションで、十一階から十三階にさくらWEBがあるらしい。

「やべえ、でけえ」と中園《なかぞの》と話しながら、紗良《さら》さんたちが来るのを待っていたら、

「お。陽都《あきと》くんと中園《なかぞの》くん、おはよう」

と、後ろから丸いサングラスにもじゃもじゃヘア、アロハシャツに短パン、そしてビーチサンダルを履《は》いた身体《からだ》の大きな男性に声をかけられた。

……誰《だれ》……？　俺と中園《なかぞの》の表情で判断したのか、男性はサングラスを取り、髪《かみ》の毛《け》を押さえつけた。

「ごめんごめん、前と違《ちが》いすぎてわかんなかったか。俺、安城《あんじょう》」

「えっ、あっ、えっ？　おはようございます」

俺は慌《あわ》てて挨拶《あいさつ》した。ＪＫコンの時に俺たちに話しかけてきた安城《あんじょう》さんはピシッとしたスーツ姿だったので、全く分からなかった。安城《あんじょう》さんは再びサングラスをして、

「人前に出る時は頑張《がんば》るけど、会社ではこんな感じ。みんなまだ？　暑いから先に入ろっか」

そういってエレベーターの中に俺たちを入れた。

紗良《さら》さんからＬＩＮＥが入り、もうすぐ到着《とうちゃく》するという。安城《あんじょう》さんに連れられて会議室があるというフロアに通されて驚愕《きょうがく》した。

ガラスに仕切られた小さな会議室が無限に広がっているんだ。全部ガラス張りだからすげー遠くの会議室まで見えるんだけど！

中園《なかぞの》と小声で「うおおおお」と興奮してしまった。

安城《あんじょう》さんは、

「ちょっとここで待ってて」

と言って、ガラス張りの会議室に俺たちを入れて、入り口の横にあるタッチパネルを操作した。すると会議室のガラスの壁《かべ》が一瞬《いっしゅん》で曇《くも》って外から見えなくなった。うおおおお⁉　安《あん》城《じょう》さんが出て行ったのを見て、俺と中園《なかぞの》はタッチパネルに駆《か》け寄《よ》った。

中園《なかぞの》はタッチパネルを見て、

「おいおい、これ一瞬《いっしゅん》で透明度《とうめい》変えられんの？　まじおもろくね？」

「ヤバい、かなりテンション上がった。どういうこと？」

中園《なかぞの》はタッチパネルのボタンを「これか？　これか？」と勝手に押した。俺は「おいおい勝手に触《さわ》っていいのかよ」と思いつつ面白《おもしろ》くて横から顔を突《つ》っ込んで一緒《いっしょ》に見てしまう。タッチパネル中に『遮断《しゃだん》ON』と表示されているボタンがあったので、押してみたらガラス面が一気に透明《とうめい》になった。やべえ面白れえ！　ひとりで来たらきっと緊張《きんちょう》して椅子《いす》に固まってしまうけど、中園《なかぞの》といるとなんでも楽しくなってしまうのなんだろう。

紗良《さら》さんや穂華《ほのか》さんがいたらこんな勝手にボタンとか触《さわ》らないと思うけど、中園《なかぞの》といると脳が小学生に戻《もど》ってしまう。

遮断《しゃだん》OFFにするとガラスは透明になり、遮断《しゃだん》ONにすると灰色になった。なんだこれ、どういう構造⁉

ガラスの向こうに中園《なかぞの》を立たせて不透明度《ふとうめい》0と100で変えて遊ぶ。変えるたびにポーズを変えた中園《なかぞの》が現れて、それがアホみたいに面白《おもしろ》くてスマホを固定して撮影《さつえい》して爆笑《ばくしょう》していたら、透明度《とうめい》マックスの向こう側に穂華《ほのか》さんと紗良《さら》さん、そして平手《ひらて》が見えた。

紗良《さら》さんは口元を押さえて震《ふる》えているし、平手《ひらて》は完全に冷たい目で見ている。もう来てたのかよ！　穂華《ほのか》さんはドアを開けて手を叩《たた》いて笑い、

「ちょっとまってください、中園先輩《なかぞのせんぱい》と辻尾先輩《つじおせんぱい》、エレベーター開いたら丸見えでしたよ。何

してるんですか！」

俺と中園《なかぞの》は何事もなかったかのように体勢を戻《もど》して静かに、

「おはよう」

と答えた。そのテンションの差にまた穂華《ほのか》さんと紗良《さら》さんは爆笑《ばくしょう》した。

俺の横に来た紗良《さら》さんは目が潤《うる》んでいて、ものすごく笑ったのがよく分かる表情で、

「陽都《あきと》くん、ごめん、エレベーターが開いた時から見えてて、すぐにＬＩＮＥしたんだけど」

「えっ、ごめん、全然気がつかなかった」

スマホを見たら『陽都《あきと》くん、遠くから全部見えちゃってるよ！』とメッセージが入っていた。

恥《は》ずかしすぎる。どうして中園《なかぞの》とふたりだと行動が小四になってしまうのか俺は分からない。

その後迎《むか》えに来た安城《あんじょう》さんに連れられて俺たちは会議室を出てさくらＷＥＢ内に入った。

はじめて入ったさくらＷＥＢの中は、スタジオが何室もあり、音響《おんきょう》室、ＶＲスタジオ、ゲームルームにコンビニ、なぜかジャングルジムに卓球《たっきゅう》台まであり、俺たちは全員で「なんだこれ⁉」と騒《さわ》ぎながら歩いた。こんな会社あるんだな。

そして大きな会議室に通された。

安城《あんじょう》さんは冷蔵庫からお茶を出して俺たちの前に置き、

「んじゃ仕事の話しよっか。穂華《ほのか》ちゃんサマーフェスの裏司会決まったんだって？」

「はい。決まりました、頑張《がんば》ります！」

「あの仕事は百人くらい顔覚えなきゃいけないから大変だよね。穂華《ほのか》ちゃんなら回せそう。仕上がり見せてもらうから頑張《がんば》って」

「はい！」

そう言って穂華《ほのか》さんは姿勢を正した。

さくらWEBに来いよと安城《あんじょう》さんに軽く言われたので、半分遊びにきたつもりだったけど、もうアイドルとして仕事をしている穂華《ほのか》さんからしたら、ここは仕事したい目標の会社なのだと思い直した。俺が少し背筋を伸《の》ばすと、安城《あんじょう》さんは中園《なかぞの》を見て、

「んで、少し話聞いたけど、今度は中園《なかぞの》くんをメインに置くって？」

「はい。今までずっとゲームだけしてたんですけど、こうして声かけてもらえたなら、もうちょっと有名人目指そうかなって」

「良《い》いと思うよ。俺は中園《なかぞの》くんのアイドル性を評価してるから。ゲーム配信何度か見たけど、君はお金を出す人は少し多めに、でもそれほど贔屓《ひいき》せず、平等にリスナーを扱《あつか》ってる。そういう嗅覚《きゅうかく》は今の時代ものすごく大切なんだ。興味持って配信つけて、それでも声がイヤ、話し方がイヤ、その先はリスナーの扱《あつか》い方がイヤ。リスナーは無限にある番組の中から選んで見てるんだ。中園《なかぞの》くんの人を見る平等さは、天性のアイドルだと思うよ。それにこの前大会で負けただろ」

「え、あ、はい」

「でも誰《だれ》よりも先にチームメイトに必死で英語で話しかけてたね。あれ良かったよ」

「あ、はい、ありがとうございます」

「あの後の視聴《しちょう》者数、三倍に増えただろ。ああいう小さな真心をリスナーは見てるから」

「……なんかすげーちゃんと見て貰《もら》えてて驚《おどろ》いてます」

「ゆくゆくは4BOXも出てほしいからね」

「あ、はい、頑張《がんば》ります」

そう言って中園《なかぞの》は頭を下げた。

うおー……すげえ。中園《なかぞの》が色んな大会出てるのは知ってたけど、そういうのも安城《あんじょう》さんはチェックしてるのか。仕事してる人だ……。俺たちはみんな少しずつ姿勢を正した。

安城《あんじょう》さんはお茶を飲んで俺のほうを見て、

「陽都《あきと》くんを中心にこれから企画を考えると思うんだけど、有名人として表に出るのを目標にするなら、さくらWEBの週間ランキングトップ10入りを目指すのは良《い》い目標だと思うよ。うちのランキングは毎週テレビで流れるんだ」

「あ、JKコンが朝の番組に流れたの見ました」

「そうそう、あの番組。あそこ俺が元いた番組だから、色々融通利《ゆうづうき》くんだわ」

「そうなんですか」

安城《あんじょう》さんはあんな有名な番組を担当していた人なのか。

なんか「誘《さそ》われたからきた」レベルで、ほぼ遊びにきたつもりだったけど、少し怖《こわ》くなってきた。俺は苦笑《くしょう》して、

「でもさくらWEBのトップ10入りなんて無理ですよ」

さくらWEBのランキングはつねに4BOXの番組で埋《う》まっている。

今スマホアプリを立ち上げてみても、1位が昨日流れた4BOX、2位は4BOXの特別番組、3位は4BOXに出演してる子のお出かけ動画……とすべて4BOX関連だ。4BOX以外の企画《きかく》がこのランキングに入ってるのを見たことがない。

安城《あんじょう》さんは椅子《いす》から立ち上がり、

「何したって良《い》いけど楽しんでいこうぜ。俺たちはもう良《い》い年のおじさんでさ。だからこそスタッフに若いの入れてワイワイやってるんだよ。そこに君たちみたいに現役《げんえき》の子たちが入って楽しくやってくれたら、それだけで刺激《しげき》になる。期待してるけどしてないよ。所詮《しょせん》高校生だ」

所詮《しょせん》高校生。その言葉にカチンときたけど、JKコンの時に「俺たちと遊ぼう」と言ってくれた安城《あんじょう》さんが楽しそうで、ここに来たことを俺は思い出した。

小さくならず、ありのままで、好きなことを。

だってその通り。所詮《しょせん》俺なんて、ただの高校生だし。

そう思ったら別に今こそ失敗も何も恐《おそ》れず、好きにすべきじゃないかと思えた。

俺は顔を上げた。

「何ができるのか分からないですけど、胸を借ります」

「お――、いいね。そうだよ、失敗は俺たちの責任。成功は君たちのものだ。そうやって好きにさせるのが大人の仕事」

「ありがとうございます」

そう言われると、楽しくなってきた。

安城《あんじょう》さんはニコニコしながら、

「うちでチャンネル持つと、ディレクターの陽都《あきと》くんもモテるよ」

「いえ、俺、すげー大切にしてる彼女いるので大丈夫《だいじょうぶ》です」

「はあああ？？？？？？　この仕事して彼女いるとか何事？？？？？」

安城《あんじょう》さんはさっきまでかっこ良く大人だった表情が一瞬《いっしゅん》で壊《こわ》れて鬼《おに》の形相になり、俺たちは爆笑《ばくしょう》してしまった。

俺が紗良《さら》さんを見ると、紗良《さら》さんは顔を真っ赤にして俯《うつむ》いていた。

それを見た安城《あんじょう》さんが叫《さけ》ぶ。

「えっ、吉野《よしの》さん？　部活内に彼女？　ちょっとまって中園《なかぞの》くん、これ許していいの？」

「あかんと思うんですよね、それもあって俺も有名になろうかと」

「穂華《ほのか》ちゃん、どう思うの？」

「あ、もうお腹《なか》いっぱいで――す」

「平手《ひらて》くん、こんなの聞かされてどんな気持ち？」

「惚気《のろけ》聞かされるならお金はらってほしいですよね」

「分かる〜。よし陽都《あきと》、4BOXのロケ来い、今からだ、惚気《のろけ》る暇《ひま》もないほど仕事させてやる」

安城《あんじょう》さんのテンションに俺たちはひたすら爆笑《ばくしょう》した。

やっぱり俺この人のこと好きかも。自分が興味ある業界や仕事のさきに、こんな楽しそうにしてる人がいるのは良《い》いなと思う。

第5話　新たなる挑戦《ちょうせん》と、柔《やわ》らかい時間

蟬《せみ》がうるさすぎて目覚めた朝。朝ご飯を食べるために一階に下りて行くと、新聞を読んでいた母さんが俺を見て立ち上がった。

「陽都《あきと》。中園《なかぞの》くんのお母さんに聞いたけど、夏休みもさくらWEBで何かするの？」

「……ああ、うん。いや、でも今回はJKコンみたいに規模がでかくないし。さくらWEBでちょっと何かするってだけ」

「そろそろちゃんと言おうと思ったけれど、陽都《あきと》まさか、テレビ局で働く人になりたいとか思ってる？」

朝から……と思いつつ、ちゃんと説明しないまま、中園《なかぞの》のお母さん経由で伝わったことを後悔《こうかい》する。でも面倒《めんどう》くさくて。でも話さないと駄目《だめ》か。

「……いや、さくらWEBはテレビ局じゃないんだよ」

「同じじゃない、テレビに映るんだから」

それを聞いて俺は「はー……」と深くため息をついた。これはどう話していくべきなんだ？テレビ局は理解してるなら……。

「じゃあテレビ局で働きたいとして、何がダメなの？　母さんが好きな有名企業《きぎょう》じゃん。それを目指して何が悪いの？」

「だとしたら、どういう給与体系なのか、将来性はどうなのか、そういうことを調べて、だったらどういう大学にいくべきなのか知り、勉強をする時期じゃないの？　今から高校生が会社に出入りして何かするなんて、若い労働力を搾取《さくしゅ》してるとしか思えない。安く使われる人間になるなんて間違《まちが》ってるわ。今は学生。勉強して自分の価値を高める時期じゃない？」

先日さくらWEBに行って安城《あんじょう》さんと話してきて、すごく楽しかったのもあり、何も分かってない母さんに苛立《いらだ》つ。でももう、どこから説明すればいいのか、その前に説明して分かってくれるのか分からない。

母さんが分かりやすいこと……と考えて、テレビに出てた俺をすげー嬉《うれ》しそうに見てたのを思い出した。

本当に安城《あんじょう》さんが言う通り、さくらWEBのランキングでトップ10入りして、テレビに取り上げられるような番組を作れば、俺がしてることには価値があると認めてくれるだろうか。さくらWEBでトップ10……。マジで無理ゲーだと思うんだけど。

でも母さんが知ってる範囲《はんい》だと、それが早道な気がする。給料、将来、労働力。母さんが求めるのは分かりやすいことばかりだ。

こうなったら何が何でもトップ10に入って、黙《だま》らせてやる。

俺は「結果を見せればいいんだろ⁉」と母さんに言い、二階でパソコンを立ち上げて、企画《きかく》を考え始めた。まずは今人気がある番組を片《かた》っ端《ぱし》から見て、何をしたら良《い》いか考える！

「うう――……。どれもこれも上手《うま》くいくと思えない、頭痛い」

「はい、陽都《あきと》くん、ここに座って？　お茶飲む？」

「大丈夫《だいじょうぶ》……ちょっと考えすぎて疲《つか》れてるだけ」

「はい。じゃあここ。私の太ももにコロンってしていいよ」

そう言って紗良《さら》さんは正座して、太ももをポンポンと叩《たた》いた。

「えっ……膝枕《ひざまくら》……？」

「陽都《あきと》くん顔色悪いよ。個室なんだし、横になろう？　あ……私汗《あせ》かいてて臭《くさ》いかも……」

「いやそんなこと全然ないと思うけど……じゃあ失礼します」

俺は紗良《さら》さんの太ももに、おずおずと頭を乗せた。

おお……柔《やわ》らかくて、でも弾力《だんりょく》があってふわりと紗良《さら》さんの香りがして……うわ……これ良《い》いわ。なにこれ地味に最高じゃね？　紗良《さら》さんは俺の頭を優《やさ》しく撫《な》でてくれた。

ここは漫画喫茶《まんがきっさ》のカップルルームだ。今日はお出かけデートする予定だったんだけど、顔色が悪い俺を見て紗良《さら》さんが「漫画喫茶《まんがきっさ》でゆっくりしよう？」と誘《さそ》ってくれたのだ。紗良《さら》さんは俺の髪《かみ》の毛《け》に手櫛《てぐし》を通しながら、

「漫画喫茶《まんがきっさ》はね、いつも変身するために使ってるウイッグを洗うために来てたの。でもカップ

ルルームっていうのがあって、大きなテレビがあるって書いてあったから、入ってみたいなあって思ってたの。ソファーもあるし、誰《だれ》も見てないし、横になれて良いね」

そう言って俺の頭を優《やさ》しく撫《な》でた。

紗《さ》良《ら》さんの太ももに頭を乗せていると、身体《からだ》に入っていた力が抜《ぬ》けていくのが分かる。

なんとかトップ10に入って母さんを黙《だま》らせるような企《き》画《かく》を……と、ここ数日よく眠《ねむ》れない。

何を考えても、もうそれはある企《き》画《かく》だ。有名なYouTuberたちがしてもさくらＷＥＢのランキングには入ってない。

認めさせてやると思ったけど、自分にそんな才能なんてあるはずがないと不安になってきた。

もういっそ過激にしてしまったほうが燃えて一気にランクイン……。

「もう中園《なかぞの》本体を燃やすしか……」

「陽都《あきと》くんが過激派になってる、ちょっとまって！」

紗《さ》良《ら》さんは俺を太ももの上に乗せた状態でケラケラと笑った。

下から見ている笑顔《えがお》があまりに可愛《かわい》くて、むくりと起きて頰《ほお》に軽くキスをした。

紗《さ》良《ら》さんは俺の顔を見て「……少し元気になってきた？」と小首を傾《かし》げた。

可愛《かわい》い。俺は頰《ほお》を両手で包んで引き寄せた。紗《さ》良《ら》さんがゆっくりと目を閉じる。

細くてしっとりとした唇《くちびる》にキスをして抱《だ》きしめると、紗《さ》良《ら》さんの身体《からだ》に入っていた力がゆっくりと抜《ぬ》かれていくのが分かる。

しっかりとした紗良《さら》さんが、俺だけの紗良《さら》さんになっていくのを感じる。

同時に俺の中にずっとある「絶対トップ10だ」と思っていた気持ちがほどけていく。

ふたりの身体《からだ》の力が抜《ぬ》けて、ぴったりとひとつになっていくのがきもちがよい。

一度唇《くちびる》を離《はな》すと、紗良《さら》さんはふにゃ……と微笑《ほほえ》んで、今度は紗良《さら》さんからキスしてくれた。

肩《かた》に両腕《りょううで》を回してチュと一度して、俺にしがみ付いて、首の所に頭をグイグイと入れて、

「陽都《あきと》くんとくっ付いてこうしてるとね、自分の身体《からだ》って実はすっごく力が入ってるーって気がつくの。ここにいるのが好き。こうしてると、やっと私になれる気がするの」

「俺も。もうずっと考えてて頭痛かった。あー、紗良《さら》さん抱《だ》っこしてると癒《い》やされる……」

「えへへ。私も陽都《あきと》くんに抱《だ》っこされるの大好き！　じゃあ今度は私が甘える時間ね？　陽都《あきと》くんがここに座って？　その上に、えいっ、私が座るから。後ろから抱《だ》っこしてね？」

そう言って俺にあぐらをかかせて、その上に座った。

小さくて柔《やわ》らかい紗良《さら》さんが気持ち良くて、俺は身体《からだ》全体を包み込むように抱《だ》きしめた。

「学校の屋上で後ろから抱《だ》っこしてもらった時、すごく落ち着いたから、この体勢大好き。じゃあ、画面に映ってるドラマ見ようかな。ちょっと面白《おもしろ》そう」

そう言ってリモコンを手に持って再生をはじめた。

母さんと話してから、ずっと頭の中がグルグルしてた。認められたい、頑張《がんば》りたい、好きなことしたい、思いつかない、でももう逃《に》げられない、でも考えつかない、ランキング……。

でも俺が一番したいのは……。俺は紗良《さら》さんの首筋に唇《くちびる》を這《は》わせた。

紗良《さら》さんは俺の腕《うで》の中でビクンと身体《からだ》を弾《はず》ませた。

「んっ……陽都《あきと》くん、首の後ろにキスするのダメ……すごくドキドキしちゃうの」

逃《に》げだそうとする紗良《さら》さんを俺は腕《うで》で抱《だ》き寄せる。

「……紗良《さら》さんとイチャイチャするのが一番したかったって思い出した。なんでせっかくの夏休みに企画《きかく》考えて頭痛くなってるのか、分からなくなってきた。ああ……この匂《にお》い好き」

紗良《さら》さんは少しずつ力を抜《ぬ》いて、俺に身体《からだ》を預けて、

「臭《くさ》くない？　今日は朝からバイトに行ってね。今ほら夏休みでしょ。小学生がたくさん来てるの。だから外で色々したから」

「後ろから抱《だ》っこしてると、匂《にお》いがよく分かって、すごく良《い》い」

俺は唇《くちびる》を耳に寄せて、軽くキスをする。小さくて可愛《かわい》い耳、めっちゃ好き。紗良《さら》さんはビクンと身体《からだ》を揺《ゆ》らして、俺の腕《うで》を軽く握《にぎ》り、

「え──っ、あっ……もう、耳はダメって言ってるのに……」

そう言って俺の方を小さくなって睨《にら》む表情が可愛《かわい》すぎて、ぎゅうと抱《だ》きしめた。

紗良《さら》さんは再び俺のあぐらの間に「えいえい」と座り直し、

「もう、仕切り直し！　はい、頭の上、はい、そこにいて？　私後ろから抱《だ》っこされてるのすごく落ち着くから。……って、あらら、陽都《あきと》くん見て。あらら、地下に？　あらららら

「……」

紗良《さら》さんはドラマを見ながら俺にしがみ付いて「あらら」「あらら」と言い始めた。

どうしてこんな怖《こわ》そうなものを見始めたんだろう。でもきっとランキング1位にあったものを適当に選んだだけだ。

「はわわわわ。えー……あんな所に死体があったら匂《にお》いすごくないかなあ……はわわ見事にお腐《くさ》りになられて！」

「お腐《くさ》り！　なにその言い方！　なんで丁寧《ていねい》なの⁉」

俺はあぐらの上に座らせた紗良《さら》さんを後ろから抱《だ》きしめた。

紗良《さら》さんは俺にグイグイとしがみ付いて、

「こう床板《ゆかいた》を開いて地下にいく階段って今まで見たことある？」

「地下に行く階段は見たことないけどさ、中園《なかぞの》家は、屋根裏にいく秘密の階段があるよ」

「えっ……なにそれ、秘密基地みたい、すごい」

「トイレのドアに見えるんだけど、中に階段があってさ。そこに日本人形が並べてあるんだよ」

「やだそれ怖《こわ》い。どうしてそんな所に……あ。でも日光が良くないのかな……えっ……ねえねえ、どうして電気付けないで暗い所に入っていくの。スマホスマホ、文明の利器、スマホ」

文明の利器！　言葉のチョイスが面白《おもしろ》すぎる。

俺と話しながら、ドラマを見つつあれこれ言う紗良《さら》さんをあぐらの上に乗せて抱《だ》っこしてるのが楽しくて仕方がない。

内容は旦那《だんな》が連続殺人鬼で地下に大量の死体を隠《かく》していて、奥さんはその殺人鬼を追っている刑事《けいじ》というサスペンスなんだけど、内容より俺は紗良《さら》さんを楽しんでいる。

紗良《さら》さんはどっからどう見てもサスペンスを見る才能はなく、何かあるたびに、

「はやや！」

と上にぴょこぴょこ伸《の》びるのだ。そのたびに俺のアゴにガンガンぶつかってくるので、さっきから肩《かた》の所にいるけど、ぴょこぴょこ伸《の》びてくる。もう俺の中ではドラマの内容より、その内容により紗良《さら》さんがぴょこぴょこ伸《の》びるタイミングを予測して逃《に》げるゲームとなっている。

さっきから奥さんが殺人鬼が隠《かく》した血の近くを歩いていて、しゃがんだ。

「はわ！」

くる、と俺が少し離《はな》れるとぴょこと紗良《さら》さんが伸《の》びた。俺は左側にヒョイと逃《に》げる。

そしてその血に奥さんが触《ふ》れて、階段が隠《かく》してあるシートに触《ふ》れようとしたら、さっき殺人を犯《おか》したナイフを旦那《だんな》が落とした。

「はわわわわわ‼」

くる、と後ろに逃《に》げようとしたら予想よりぴょこぴょこしてタイミング合わずにアゴにぶつかった。

「痛い……」

「わーん、ごめん。私ここから下りる……」

「ダメ、絶対下りちゃだめ。俺、紗良《さら》さんのぴょこぴょこから逃《に》げるゲームしてるから」

「なにそれ。私ぴょこぴょこなんてしてないもん。ほら見て。もうバレたと思う？」

「どうかなー。でも指先についたよね。あれ刑事《けいじ》なら調べないかな？」

「そうだよね！」

そう言って目を輝《かがや》かせて一時停止。そして「えへへ。ちょっと甘えるの」と笑い、俺のほうをみてしがみついてきた。

頬《ほお》にキスをして首の所に頭をいれてもたれてきた。

我慢《がまん》できなくてキスをすると嬉《うれ》しそうに胸元《むなもと》の服を握《にぎ》って少し引っ張って伸《の》ばしながら、

「あのね。小学校の頃《ころ》、みんな同じアニメとか見てね、盛り上がってたの。でも私は習い事が忙《いそが》しくてテレビとか全然見てなかった。少し憧《あこが》れてたの、こうやって同じ番組見て、感想言い合うの。だから今、ドラマ見るのより、陽都《あきと》くんとお話しながら見られるのがすごく楽しいの」

「……そっか」

「後ろから抱《だ》っこがいいなあ。怖《こわ》いの。見たいの。でも一緒《いっしょ》がいいの」

「うん。ほらでもね、紗良《さら》さんがぴょこぴょこするから痛いんだよ」

「はわわわわ！　科学研究所だよ、調べるのかああ」

「ほら、ぴょこぴょこ」

「してないもん！　あれ、違《ちが》うの？　調べないの？　陽都《あきと》くんどういうことだと思う？」

「これ別のこと調べるんじゃない？」

「そういうこと？　何で？　どうして⁇」

もうそんなに苦手なのにどうしてサスペンスを見るんだろう。しかもこれすごく怖《こわ》いジャンルだと思うけど。

とにかく可愛《かわい》くてしかたがなくて、俺は何度も怯《おび》えて叫《さけ》ぶ紗良《さら》さんを後ろから抱《だ》きしめてドラマを……いや紗良《さら》さんを楽しんで、漫画《まんが》喫茶《きっさ》を出た。

一緒《いっしょ》にいると、固まりすぎていた頭がすごく楽になる。

俺は紗良《さら》さんの手を柔《やわ》らかく握《にぎ》った。

第6話　こんな世界知らなかった

「とりあえず、これで良《い》いかな」

俺はプリントアウトした紙を抱《かか》えてさくらWEBのビルに向かった。

今日は「固まる前に方向性確認《かくにん》。一回話そう」と、安城《あんじょう》さんに呼ばれた。

さくらWEBに来るのは二度目だから余裕《よゆう》だと言いたいけれど、やはりこの巨大《きょだい》ビルにズンズンとひとりで入って行く勇気はない。仕方なく、さくらWEBのセキュリティーパスをぶら下げている人を発見して、後ろをついていくことに決めた。

セキュリティーパスをタッチして中に入っていくと、色んな人が挨拶《あいさつ》してくれるけど、誰《だれ》なのか知らないし、どこを歩いているのかも分からない。とりあえず頭を下げながら、ひたすら指定されたフロアに向かった。そこはさくらWEBの中でも、かなり奥まった所にあり、ドアを何個も開いて奥の方に進むはめになった。ダンジョンなのか、ここは。

そしてついに足元がふわふわする絨毯《じゅうたん》が敷かれているフロアに到達《とうたつ》した。

音響《おんきょう》スタジオとか書いてあったけど、本当にこっちで合ってるんだよな……と思いながら入って行ったら、後ろから話しかけられた。

「ういーす。陽都《あきと》おはよう」

「安城《あんじょう》さん、おはようございます！」

安城《あんじょう》さんは今日も前回と同じアロハシャツにビーサン姿だ。

やっと知ってる人に会えて心底安心した。

「企画《きかく》どこら辺まで書けてる？」

「とりあえず書ける所まで書きました。いやでもすいません、会社にくるの、慣れなくて落ち着かないです」

「高校生だったらそうだよなあ。スタジオもあるから出入り激しいし、セキュリティーも厳しいから、怖《こわ》いよな」

そう言いながら安城《あんじょう》さんは奥に進んでいく。

そして頑丈《がんじょう》なドアを「ここ」と押して開いた。ドアがモコモコして分厚い。

ここで会議するの？　と思いながら中に入ると、キュイイイイインと巨大《きょだい》な音が響《ひび》いてきた。俺は慌《あわ》てて耳を押さえる、すげーうるさい！

中には髪《かみ》の毛《け》が長く先が紫色《むらさきいろ》、そして上下黒の服……腕《うで》の身体《からだ》の部分が紐《ひも》で繋《つな》がっていて、両足の間にも紐《ひも》が……というか服のそこら中から紐《ひも》が出ている……を着た男性がギターを持って立っていた。言葉を選ばないで表現するなら、俺が家庭科の授業の時に、裁断に失敗した布みたいな……いや、そんなこと言えないけれど。

会議室に入った後も、かなりのボリュームで音楽が鳴っていて、安城《あんじょう》さんが叫《さけ》んでるけど聞こえてないようだ。入り口横のスイッチを操作するとブチッと音楽が途切《とぎ》れて、男性がこっちを向いた。

「安城《あんじょう》。おはよう。気がつかなかったわ。そちらが辻尾《つじお》くん？　はじめまして、ホタテです」

「はじめまして……」

俺は戸惑《とまど》いながら頭を下げた。

分厚いドアの中は、録音スタジオのようだった。色んな機械が置いてある所……には書類の山。ペットボトルにお菓子《かし》に本に……とにかく色んなものが山積みになっている。

そして分厚いガラスに仕切られた床《ゆか》が木のフロアにはたくさんのギターと、なぜか会議室によくある机と椅子《いす》。そして眠《ねむ》れそうなほど大きなソファーが置いてあった。

一見録音スタジオなんだけど、オフィスが無理矢理合体しているような妙《みょう》な部屋に見えた。

俺はどうしたらよいのか分からず入り口で立《た》ち尽《つ》くしていたら、安城《あんじょう》さんが回転椅子《いす》を寄越《よこ》してくれた。安城《あんじょう》さんはひとつだけ置いてあった大きなソファーに座り、

「ようこそ。ここが４ＢＯＸが産まれる基地。俺たちが企画《きかく》練る場所。こっちはホタテ」

「ホタテです。陽都《あきと》くんの仕事はＪＫコンの時に見せて貰《もら》ったわ。よろしくね」

「ホタテ……さん？」

「保立《ほたて》。保健の保に、立つの立。それでホタテ。苗字《みょうじ》なの」

そう言ってホタテさんはギターを抱《かか》えて微笑《ほほえ》んだ。

男性の風貌《ふうぼう》で髪《かみ》の毛《け》が長いけど、女の人の話し方……夜の街にもよくいるタイプの人だと理

解した。どうやらホタテさんはヘヴィメタ番組を作っている人で、録音スタジオを自分の部屋として使っているようだ。

会社の一部をそんな風にできるなんて……と戸惑《とまど》っていたら、安城《あんじょう》さん曰《いわ》く「五人いる社長のひとり」らしい。社長！　さくらWEBの⁉　社長がこんな変な……いや失礼か、こんな過激な会社、スゴすぎる。

安城《あんじょう》さんは買ってきたパンを食べながら、俺が書いてきた企画《きかく》書を読み始めた。

はじめて『企画《きかく》書』なんてものを書くことになり、ネットで軽く調べたけど、そんなビジネスっぽいものを高校生の俺が書けるはずもなく、とりあえずしたいことを書きまくったものになった。安城《あんじょう》さんは読んで机に置き、

「4BOXのリアルタイム同時視聴《しちょう》か」

「はい。結局さくらWEBのランキングはすべて4BOXで埋《う》まっている。だったら、4BOXそのものを利用したほうが良《い》いと思ったんです」

色んな企画《きかく》を考えた。中園《なかぞの》といえばゲームだし、さくらWEBの人たちと遊ぶとか、キャンプに行くとか、無限に考えた。高校生の俺たちに依頼《いらい》してくるんだから、プールとかそういうのが良《い》いのかなとか思った。

でもそんなのは他の配信者たちも無限にしてるんだ。それでもランキングには入ってない。

どうしようか悩《なや》んで考えて……紗良《さら》さんと一緒《いっしょ》に漫画《まんが》喫茶《きつさ》でサスペンスドラマを見てすげー

楽しかった時に思った。

人気があるコンテンツはもう決まっている。それを誰《だれ》と見るか……の時代が来る気がする。

ホタテさんは水を飲んで、

「うちはリアルタイムでする同時視聴《しちょう》の番組はないわね。やってみるのは良《い》いかもしれない」

4BOXは、配信には珍《めずら》しくテレビのように曜日と時間が決まっている。

そのため、配信時間になるとリアルタイムで見ている人たちがタグ付きでSNSに呟《つぶや》き、それで見に来る人も多い。そして4BOXは人間関係にツッコミを入れながら見る人が多いので、ひとりより誰《だれ》かと見る方が楽しい番組だと思う。安城《あんじょう》さんはソファーで腕《うで》を組み、

「でもこんなの弱いだろ。今時みんな同時視聴《しちょう》やってるんだから、新しさも何もない」

そう言われて心臓がドクンとする。

安城《あんじょう》さんの話し方はもう高校生相手じゃない。

はっきりと仕事をする人相手だと分かるほど冷静だ。

俺は息を吸い込んで顔を上げる。

「そう言われると思ってました。でもこれはシステムが構築可能か、ちょっと分からなくて」

俺は次の紙を安城《あんじょう》さんとホタテさんに渡《わた》した。

安城《あんじょう》さんがそれを見て「へえ」と笑う。その目に光が宿った気がして、俺はドキドキする。

「さくらWEBのランキング上位に入るためには、課金と、視聴《しちょう》ポイントが大切だとランキン

グを研究して気がつきました」

今回、面白《おもしろ》い番組を作るのは必須《ひっす》だけど、最大の目標はランキングに入ることだ。

俺は最初ランキングに入ってる番組をただ見ていたけど、それじゃ駄目《だめ》だと気がついた。まず4BOX以外でたまにランキングに入ってる番組をリストアップして、それを全部視聴《しちょう》して、なぜランキングに入ったのか分析《ぶんせき》をはじめた。そのなかに定期的にランクINしてるんだけど、視聴《しちょう》者数がそれほど多くない番組を見つけた。

その番組を配信している人は絵師さんで、番組を視聴《しちょう》すると貯《た》まる『視聴《しちょう》ポイント』を使って自作のスタンプを売っていた。

さくらWEBのアプリには番組ポイントと視聴ポイントがあり、番組ポイントは、シェイクなどが安く買えて便利だ。

視聴《しちょう》ポイントはさくらWEBの番組を見ていると自動的に貯《た》まるんだけど、誰《だれ》も使ってない。でも画面の右端《みぎはし》で箱が揺《ゆ》れて存在をアピールするから、なんだか貯《た》めてしまう。

絵師さんはそれに目をつけて、自作のスタンプを制作、視聴《しちょう》ポイントで購入《こうにゅう》させていた。その時にランキングに入っていたのだ。俺はそれに気がついた。

「4BOXの同時視聴《しちょう》をして、そこで前にあったクジのシステムを使わせてください」

「クジ？　そういえば一時期視聴《しちょう》ポイントでクジが引けるの作ったな。視聴《しちょう》ポイントでクジ引いて当たりが出たら配信者に駄菓子《だがし》プレゼントってやつ。でもあれ課金伸《の》びなかったけど」

「正直、配信者に何かプレゼントされるっていうのが間違《まちが》ってると思うんですよね。だって見てるんだから視聴《しちょう》者自身がほしいかなと」

「なるほど」

そう言って安城《あんじょう》さんが頷《うなず》いた。俺はスマホでサイトを表示させて、

「あのシステムに、今流行《はや》ってる『ビンクジ』のシステムを導入するんです」

「『ビンクジ』、知らないや」

「ビンゴとクジがくっついたものなんです」

俺はサイトを見せながら説明をはじめた。

ビンクジは全部最初から景品の写真が貼《は》られた状態でお店に置いてあり、一口300円。クジで当てた番号の景品が貰《もら》える。そこまでは普通《ふつう》なんだけど、このクジは有名ゲームと連動していて、クジの番号でビンゴを出すとゲーム内にレアアイテムが送られてくる。

それは一気に全部引くと貰《もら》えなくて、ビンゴを目指すために何度もクジを買うようにできている。

俺はあまりそういうのを買わないんだけど、平手《ひらて》と一緒《いっしょ》に帰ったとき、平手《ひらて》はコンビニでアニメのビンクジを買っていた。これは頭がよい商品だなあと思って覚えていたんだ。

俺はさくらWEBの配信サイトに戻《もど》り、

「これを視聴《しちょう》ポイントで引けるようにするんです」

「良《い》いね。クジのシステムは一度作ってあるから、それを変えれば使える」

「俺たちが配信するのは4BOXの同時視聴番組で、それを見に来る人たちは、4BOXを見てきた人たちです。その人たちが無意味に貯《た》め込んできた視聴《しちょう》ポイントを総取りしてランキング入りを目指します」

「他の番組で貯《た》めてきたポイント総取りしようとするの、あくどくて良いな。でもまだ甘い」

「まだ甘いですか⁉」

「俺が、私が課金したという証拠《しょうこ》が残るといい」

「……なるほど」

勝てることをちゃんと考えられたと思ったんだけど、もっと考えないとダメなのか。

でも安城《あんじょう》さんは机に置いてあった巨大《きょだい》なタブレットに、俺が持って来た企画《きかく》書をアップした。

そのアプリは何かがアップされるとみんなに通知が行くようになっているようで、すぐに画面に『クジか。ちょっとまって加藤《かとう》呼ぶ。今ゲームの打ち合わせ行ってるから』とコメントが書き込まれた。すげぇ！　俺はそのコメントを見て、ハタと思い出してスマホでサイトを開いた。

「さくらWEBさんって、家作りのゲームがあるんですよね」

中園《なかぞの》のお母さんがさくらWEBは知らなかったけど、家作りゲームが面白《おもしろ》くてしていた……と言っていたのを思い出した。

「視聴《しちょう》ポイントが貯《た》まったら、その家に配信者たちが来てくれるとか」

「いや。配信を見てる人がゲームもすると思ったら大違《ちが》いなんだ。うちは色んなサービスを持っていて、そのサービスを全て使わせたいと思ってるけど、これが至難の業《わざ》。来ないよ」

安城《あんじょう》さんはポケットから取り出したフリスクをバリバリと食べた。

考え込んでいたホタテさんが俺の顔を見て、

「同時視聴《しちょう》している視聴《しちょう》者がアバターを作って、それごと配信画面に出すのは？」

それを聞いた安城《あんじょう》さんがパチンと手を叩《たた》いてホタテさんを指さした。

「課金額でサイズやアイテムを変える。連続して見るとバッジが増えたりな。長く見てる証《あかし》になる。視聴《しちょう》者そういうの好きだから」

俺はふと前から思っていたことを口にする。

「あの、画面にそんな簡単に何か出せるなら、出演者が今話している言葉を、リアルタイムで、こう出演者の横に吹《ふ》き出《だ》しで出せないですかね」

「……陽都《あきと》、それ面白《おもしろ》いぞ。横にまとめて出すより画面に動きが出る」

「いつも中園《なかぞの》のゲーム配信見てて、誰《だれ》が話してるのかよく分からなくて。画面に話したテキストが出るのは良く見るんですけど、それを話している人から、漫画《まんが》みたいな吹《ふ》き出《だ》しで出したほうが、分かりやすくないですか？」

ホタテさんはタブレットに意見を書き込みつつ、

「面白《おもしろ》いけど話す速度と読む速度、それに書き込む速度は違《ちが》うわ」

「ニコニコ動画のコメントは誰《だれ》も文字だけ追ってない。画面を見て全体で読んでるだろ。画面に出せる量で調節するのが正解だ」

「画面を視聴《しちょう》者が勝手にデコれるアイデアをシステムの若い子が提案してたの思い出したわ。配信者の顔を隠《かく》す人が出そうで通らなかったの。あれ良《い》いなって思ったの。若い子は画面に情報量が多くて、すぐに切《き》り替《か》わるほうが好きだから。暇《ひま》が嫌《きら》いなのよ」

「吹《ふ》き出《だ》し……これ配信者よりコメント入れるのに使えるかも知れんな」

「視聴《しちょう》者が画面に直接自分のコメントを出すってことですか？」

「画面の好きな所に出せるようにするんだよ。こんな風に」

　と安城《あんじょう》さんは4BOXの番組画面をキャプチャーして、その上に吹《ふ》き出《だ》しを絵で書き込んだ。

　するとそれを見ていたスタッフの人たちが『あ、これ可愛《かわい》いかも』『アバターよりこっち』『色とか変えたいな』『推《お》しの横に吹《ふ》き出《だ》しで並べるの楽しいかも』『あとで配信見直す時に入れられるの熱い』と、どんどん意見が書き込まれて、それが実現可能か、スタッフさんが話しはじめた。全てのスピードがエグ速い。それを見ながら安城《あんじょう》さんとホタテさんもタブレットに指示を書き込み、更《さら》に話が加速していく。

　こんな風にしたら面白《おもしろ》いんじゃないか、これ可能なのか。このアイデアはもう他社が使ってる……アイデアを出しながらそれを深めていくのが楽しくて、どんどんアイデアが追加されて、厳しい意見も、賞賛される言葉も言われて、楽しくて仕方がない。

第7話　陽都《あきと》くんと山デート

夏休みに入り、毎日暑い日が続いている。

映画部の活動は企画《きかく》を考え中ということで、私は夜間学童保育のバイトと、塾《じゅく》に行く生活をしている。

でも今日は、陽都《あきと》くんと山にデートに行く日だ。

すごく前から楽しみにしてたんだけど……。

お母さんは友梨奈《ゆりな》の目の前にコーヒーを持ってドスンと座った。

「友梨奈《ゆりな》、匠《たくみ》さんと別れるって本気なの？」

友梨奈《ゆりな》はお母さんをチラリとも見ず、

「だから何度でも言ってるでしょ。高校卒業したら即《そく》俺の嫁《よめ》になれ！　って感じがスゴすぎて無理になった」

「そんなこと別に言ってなかったでしょ？」

「いやいや、もう毛穴中からそれが出てた。俺の嫁《よめ》になれ〜って」

「結婚《けっこん》するとしても、もう少し先にしてほしいとか、話し合った？」

「だからもう別れたの。別れたって言ってるのに、なんで結婚《けっこん》の話をまだするの？」

「話をする順番のことを言ってるのよ」

「もう話もしない、なぜなら別れたから。はいファイナルアンサー」

「友梨奈《ゆりな》！」

朝から友梨奈《ゆりな》とお母さんがずっとケンカしている。

正確には、ここ一週間ほど顔を合わせるたびに同じようなやり取りをしている。

人が罵《のの》り合っている声を聞くのは本当に苦手だ。自分が責められてるように聞こえてしまうからで、心の真ん中がギュッと摑《つか》まれたみたいに苦しくなってくる。

今までふたりはあまりケンカをしていなかったと思う。

友梨奈《ゆりな》は元々マイペースで自己中だから、すぐに付き合って別れてきたけれど、特に何も言われてなかった。

今回はじめてお母さんの仕事関係者と付き合ったから、こんなに口を出されてるのだ。

友梨奈《ゆりな》は「もううるさい、話したくない、お終《しま》い！」と叫《さけ》んで部屋から出て行った。

お母さんは大きくため息をついて、

「もう……そんなに簡単に別れるなら仕事関係者には手を出してほしくないわ」

と言った。私はなんとなく、付き合うように仕向けていたように見えたけど……と思う。

でもそれを言ったら「そんなことない」と怒《おこ》るのだろう。

何も言わないのが得策だと分かっているので、軽く相槌《あいづち》を打って家を出た。

待ち合わせの駅にいると、陽都《あきと》くんが見えた。

まっすぐに私を見て走ってきて、表情をほころばせた。

「わあぁ……すごく可愛《かわい》い。新しい服だよね？　見たことない」

「そうなの。夏の山って言ったら、やっぱり白いワンピースかなって」

陽都《あきと》くんは連日さくらWEBに行き、打ち合わせをしている。

ものすごく楽しいけど、漫画喫茶《まんがきつさ》に行く前みたいに頭が爆発《ばくはつ》しそうだから、自然の中でデートしたいと誘《さそ》ってくれたのだ。

私も最近家で友梨奈《ゆりな》とお母さんがずっとケンカしてるから、バイト先や図書館に逃《に》げて、落ち着かなかった。

だから嬉《うれ》しくて、久しぶりに変身じゃなくて、紗良《さら》の私が、可愛《かわい》いなって思える服を買ってみた。陽都《あきと》くんは私を見て、

「可愛《かわい》いけど、背中があーっ……すごく開いて……ちょっとうわあ、ここあの、日焼け止め塗《ぬ》った？」

「うん。自分で塗《ぬ》ったから少し心配だけど、どう？　白くなってない？」

「なってないけど、背中が紐《ひも》だからちょっとドキドキしちゃった。あー……すごく可愛《かわい》い。麦《むぎ》わら帽子《ぼうし》かぶってるの、はじめて見たかも」

「夏のお出かけって、麦《むぎ》わら帽子《ぼうし》かなって」

「変身じゃない紗良《さら》さんなのに、いつもの紗良《さら》さんぽくなくて、可愛《かわい》い。嬉《うれ》しい」

そう言って私の手を取り、電車に乗り込んだ。

どんな服装をして、どんな帽子《ぼうし》をかぶっても、いつも絶対に褒《ほ》めてくれるから、私が好きなものを選んで良いんだな。私が好きって思えるもの、陽都《あきと》くんなら絶対に褒《ほ》めてくれるって思えるから、自分の選択《せんたく》に自信が持てるようになってきた。

違《ちが》う自分じゃなくて、今の私。それを好きって、可愛《かわい》いって言ってもらえるのはすごく嬉《うれ》しい。陽都《あきと》くんは自分の上着を脱《ぬ》いで、私の肩《かた》にかけてくれた。

「クーラーきつくない？　この場所けっこう強めにあたる」

「うん。嬉《うれ》しい、ありがとう」

「デートに誘《さそ》ったら、はじめての服とか着てきてくれるの、すげー嬉《うれ》しい。でもほら」

そう言って私の方に寄って小さな声で、

「この席、後ろに立つと紗良《さら》さんの背中がみえるから。それが何かイヤだなって」

「誰《だれ》も見ないわよ」

「見るよ、俺なら見る！」

そう言って私のほうを真面目な顔で見る表情が大好きで、借りた上着をちゃんと羽織る。

大切にしてもらえて幸せ。陽都《あきと》くんはカバンの中をゴソゴソといじってビニール袋《ぶくろ》を出した。

「じゃあさっそく電車の中の駄菓子《だがし》タイムにしよう。歩きながら食べにくい爪楊枝《つまようじ》で刺して食べるコイツから」

「！　さっそく始まったのね。これお店で見たことあるのに、食べたことないわ。ん、固い？」

「待ってて、材料は……水飴《みずあめ》、砂糖、澱粉《でんぷん》、餅《もち》粉。餅《もち》なんだね、俺もピンクで四角い歩いて食べられないヤツってイメージしかなかった」

「固くて甘くて美味《おい》しい」

私は食べて微笑《ほほえ》んだ。

今日はお互《たが》いに300円分の駄菓子《だがし》を購入《こうにゅう》。持ってくると約束したのだ。

陽都《あきと》くんは、すべて爪楊枝《つまようじ》に刺して私の方に見せて、

「俺が小学生の時は、こう全部刺《さ》して、焼き鳥みたいに上から食べる」

「個別の意味がないの」

「よく分からないけど、そうやって食べるのが流行《はや》ったんだよ」

私が知らない小学生の頃《ころ》の陽都《あきと》くんの話を聞けるのが楽しくて仕方がない。私は本当に味気ない小学生生活をしていたから。

陽都《あきと》くんは何個もビニール袋《ぶくろ》の中から駄菓子《だがし》を出して、思い出と一緒《いっしょ》に話してくれた。

私は腕《うで》にしがみ付き、

「今日はね、朝から友梨奈《ゆりな》とお母さんがケンカしてて。せっかくのデートなのに……と思って

気分が落ち込んでたけど、もうすっごく元気になってきた」

「俺も、さくらWEBで脳みそ震《ふる》えるみたいな会議ばかり出て、楽しいけど疲《つか》れてた。でもこうやって紗良《さら》さんと一緒《いっしょ》にいると、そういうの全部忘れて楽しい。それに、紗良《さら》さんと一緒《いっしょ》にいるほうがアイデアも湧《わ》くんだ」

「そうなの？」

「紗良《さら》さんと一緒《いっしょ》にサスペンスのドラマ見たじゃん。あの時に紗良《さら》さんがピョコピョコ可愛《かわい》くて。それを見て『誰《だれ》かと一緒《いっしょ》に何かを見るの楽しいな』って思ったから、同時視聴《しちょう》の企画《きかく》を立ち上げたんだ」

そして、さくらWEBでこんな話をしてるんだと楽しそうに話してくれた。

私といることで何か良《い》いことがあるなら、それが一番嬉《うれ》しい。

話しているとすぐに目的の駅に着いた。

少し山の方に来ただけなのに、涼《すず》しくて思いっきり空気を吸い込んで背伸《せの》びをした。

山に登るわけではないから、それほど時間は早くなく、これから登山するという服装の人は少ないけれど、みんな山を歩く雰囲気《ふんいき》で、私たちも手を繋《つな》いでゆっくりと駅周辺を歩き始めた。

周りに高い建物がない時点ですごく新鮮《しんせん》。それにすべての道が坂道で、それも楽しい。

陽都《あきと》くんが行ってみたいと言っていた所は、駅から少し歩いたところにあった。

私は到着《とうちゃく》して声を上げた。

「建物が白い。それに、わっ、川が流れてる」

「おお。すごいね。これは俺が小学生の時にきたら泳いでたやつ」

「え――っ、公共の場所で泳ぐの⁉」

「いやこれ、絶対楽しいやつでしょう」

陽都《あきと》くんは施設《しせつ》内を流れる細い川を見て苦笑《くしょう》した。

施設《しせつ》の庭には細い川のようなものが流れていて、そこで小さい子どもたちがジャブジャブと遊んでいた。もう全身ぐっしょり濡《ぬ》れていて、お母さんたちが絶望の顔で見ている。

陽都《あきと》くんは笑いながら、

「俺も子どもだったら100％ああなってる。着替《きが》えがあるかなんて、考えない」

「……足だけ入れてみようかな」

「えっ⁉　本当に？　あっちなら座って足を入れられそうだよ」

子どもたちが遊んでいる姿を見たら楽しそうで、私は足だけ入れてみたくなってしまった。

こんな風に遊ぶ場所にきたこともないし、なにより夏だから、足だけでも水に入れたらすごく気持ち良さそうだと思った。

陽都《あきと》くんも「紗良《さら》さんがするなら俺も！」と横に座って靴《くつ》を脱《ぬ》いだ。

靴《くつ》を脱《ぬ》いで。ゆっくりと水の中に足を入れたら、

「‼　冷たい‼」

「そんな気がしてた。これ山の水なんじゃないかな。冷たさがすごいよ」

「すっごく、わあ、冷たい。わ――、でも気持ちが良《い》いわ。ほら、陽都《あきと》くんも！」

「よし……うっわ、つめた！　ぎえええええ、あっ……でも気持ちが良《い》い～～」

「わ――、すごい。立っても良い？」

「え、ちょっとまって。ここヌルヌルしてるよ。転んだら危ないから！」

そう言ってすぐ横にきて、パンツの裾《すそ》をくるくる巻き上げて立った。そして私のほうに両手を伸《の》ばしてくれた。

足が水の中にあって、そこに水流が当たってるのが気持ち良くて、立ってみたくなったの。

手を握《にぎ》って、ゆっくりと立ち上がると、足首より上の所に水がくーっと当たって、すごく気持ちが良《い》い。

「すごい。楽しい！」

楽しくて気持ちがよくて自然と身体中《からだ》から力が抜《ぬ》けるみたいな笑顔《えがお》になってしまう。

それを見て陽都《あきと》くんは丸く笑って指を優《やさ》しく握《にぎ》った。

「あっちまで歩いて、戻《もど》ってみる？」

「いく！」

私たちは、手を繋《つな》いでゆっくりと小川の中を歩いた。

石が苔《こけ》でヌルヌルしていて滑《すべ》って転びそうになるけど、陽都《あきと》くんがしっかりと手を握《にぎ》っていてくれるから安心して進めた。

それに川の中は石が敷《し》き詰《つ》められていて安全で、足の裏も痛くなくて気持ちが良かった。

川の水はすごく冷たくて、さっきまで汗《あせ》をかいていたのに一気に引いた。

気持ち良くて足を川の中に入れたまま背伸《せの》びして空気を吸い込む。

陽都《あきと》くんは足を拭《ふ》き終わってから、私を博物館横にある小さな施設《しせつ》に連れて行った。


「ここに来た最大の理由は、この木工ルームなんだ」

「わ、すごい。木の良い《い》匂《にお》い」

「ここの電動糸のこぎりで、クマのコースターが作れるって知って」

「！　やってみたい！」

「紗良《さら》さんの部屋に行った時に見たんだけど、クマがすごく好きみたいでグッズがたくさんあったから、一緒《いっしょ》に何か作れないかなーと思って」

「楽しそう！」

絵を描《か》けない人のために、簡単なクマの絵の見本が置いてありそれを選択《せんたく》した。

そして材鑑《ざいかん》標本というものも置いてあった。木のサンプルがいっぱい！

どうやらこの山の近くにある木の標本みたいで、全部の木の匂《にお》いが違《ちが》って、それを嗅《か》いでいるだけで気持ちがスッキリした。

選んだ木材に下書きを写して、電動糸のこぎりで切っていく。

最初は木工ルームのスタッフさんが横について教えてくれた。そしてひとりで作業を開始したんだけど、

「……！　陽都《あきと》くん、電動糸のこぎり、すごい！」

「いや音もすごい。おおおお……うあああ揺《ゆ》れるうううう」

「これすごい。やだ身体《からだ》の全部が揺《ゆ》れちゃうよ、あははは！」

電動糸のこぎりは予想より振動《しんどう》がすごくて、板を両手で押さえるだけで力が要《い》る。

糸のこぎりの刃はその場で上下するから、押さえた状態で、自分で板を動かして、クマの形にするんだけど回転とか難しくて、全然思い通りにならない。

「陽都《あきと》くん、なんかすっごく耳が大きくなっちゃった」

「いや手作りって感じでそれが良くない？　ちょっと紗良《さら》さん見てよ俺の」

「顎《あご》が長い、すごくシャクれてるクマちゃんだ」

「曲がれなくてこんなことに」

「やだ可愛《かわい》い」

陽都《あきと》くんが事前に予約してくれたおかげで、色んな素材でクマちゃんを作ることができた。

そして角の部分を紙ヤスリで磨《みが》いてキレイにしていく。

これに私たちはハマってしまい、話しながら延々と磨《みが》いてしまう。

「……陽都《あきと》くん。これ楽しすぎない？　こう……もうちょっと角を丸くしたいって気持ちがすごいわ」

「紗良《さら》さん、分かるよ。でもこれ、この後クマちゃんの顔を電熱ペンで描《か》くんだよ」

「！　木を焼いて絵を描《か》くってこと？　楽しそう！」

クマちゃんの形にくりぬいた木を磨《みが》き、その後は電熱ペンという、木の表面を焦がすペンで板に絵を描《か》いた。木が焼ける匂《にお》いがお香《こう》みたいですごく良《い》い。でも私も陽都《あきと》くんも恐《おそ》ろしく絵を描《か》く才能がなく、ふたりで見本を見ながら描《か》いたのに、どこを見てるのか分からない妙《みょう》なクマちゃんになってしまい爆笑《ばくしょう》した。

裏に今日の日付を入れて、私はそれを大切にカバンにしまった。

こんな風に楽しかった日が残るのが嬉《うれ》しい。部屋に飾《かざ》ろうっと！

博物館を見たりサイフォンで入れたコーヒーを飲んだりしている間に、すぐに夕方になった。

山の向こうに見えてきた一番星をベンチに座って見ていたら、陽都《あきと》くんがカバンから何かをこっそりと出して、私の指にススとはめてきた。

はめてきたけど……それは小さくて、右手薬指の途中《とちゅう》でクッと止まった。

「?!?!」

「あはは。小さいか。小さいよな」

私は陽都《あきと》くんが右手の薬指にはめてくれたものをまじまじと見た。

それは全体がプラスチックでできていて、下の部分が指輪になっていて、上にドーム状のカバーがついている。そして中に真っ赤な飴《あめ》が入っているのが見えた。

陽都《あきと》くんは目を細めて、

「パーティポップっていう指輪型の駄菓子《だがし》、飴《あめ》なんだ。それさ、指にはめて食べられる飴《あめ》で、俺が小学生の時に一番の高級品だった。オモチャみたいなお菓子《かし》なのに500円くらいしてさ」

「！　これも駄菓子《だがし》屋さんで買ったの？」

「これは無くて。わざわざ今日のためにネットで取り寄せた。商品の名前も分からなくて検索《けんさく》してさ。開けてみて？」

「うん！」

言われて私は封《ふう》を開ける。すると上のドーム状のものがポコリと外れて、中から飴《あめ》が出てきた。舐《な》めると、甘い。

「飴《あめ》だわ、本当に。でも指輪の形をしてるのね」

「これね。何が面白《おもしろ》いって……台座の部分に小さいボタンあるでしょ？」

「え。これ。……やだちょっとまって、すっごく光る。ちょっと待って、陽都《あきと》くん、何これ！」

「あははは！　やばい、すげー面白《おもしろ》い。紗良《さら》さんの顔がビカビカと光って、あははは‼」

陽都《あきと》くんはベンチを叩《たた》いて大爆笑《だいばくしょう》した。

その飴《あめ》型の指輪は、ただの飴《あめ》じゃなくて、指輪でもなくて、台座の下にあるボタンを押すと、下に仕込んであるライトがピカピカと光り始めた。

それは控《ひか》えめな光ではなく、ピカピカと可愛《かわい》く光るというより、ビカビカでド派手にミラーライトのように光り、周りにいた子どもたちが「なにそれ⁉」と駆《か》け寄《よ》ってきた。

陽都《あきと》くんと私はそれを見てひとしきり笑った。

こんな駄菓子《だがし》があるなんて知らなかった。

私たちはお互《たが》いにそれを指にはめて、舐《な》めて歩いて、たまにビカビカと光らせて笑った。

陽都《あきと》くんは私を優《やさ》しく抱《だ》き寄せて、

「……まだ指輪なんて渡《わた》せるほど大人じゃないけど、いつかプレゼントしたいな……と思って、ます」

「！　うん。嬉《うれ》しい。……こんな風に光る？」

「光らない！」

「すごく大きなダイヤモンドとか付いてて、それが？」

「残念、光らない！」

私たちは笑いあって甘くキスをした。

それが同じ飴《あめ》の味で、またふたりで笑った。

はじまったばかりの夏休みがすごく楽しくて手を繋《つな》いで一緒《いっしょ》に電車で眠《ねむ》った。

第8話　嘘《うそ》つきな恋《こい》

中園《なかぞの》は窓際《まどぎわ》にあるソファーに座って外を眺《なが》めながら「うひょー。めっちゃ眺《なが》めが良《い》い部屋じゃん」と叫《さけ》んだ。

俺はその横に立ち「展望台みたいだよな」と遠くを見た。

平手《ひらて》はスマホのカメラを立ち上げて「いやー……都会が一望できて……なんかお金持ちになった気分だね」と写真を撮《と》る。

穂華《ほのか》さんと紗良《さら》さんも窓際《まどぎわ》に立ち「すんごーーい」と叫《さけ》んだ。

企画《きかく》の内容が決まり、久しぶりに映画部のメンバーでさくらＷＥＢに集まった。

安城《あんじょう》さんが「みんなで活動するなら使ってないハウススタジオ使えよ。配信もできるし全部揃《そろ》ってるから」と準備してくれた部屋は、さくらＷＥＢの最上階フロアだった。

これがもう眺《なが》めがすげー……。展望台だと言われてもおかしくない景色だ。

でも全面窓でカーテンもなく、すぐ近くにある高層マンションからは普通《ふつう》に覗《のぞ》かれるから気を付けろと言われた。

高層マンションには高層マンションの悩《なや》みが！　まあ生活しないから関係ないと思う。

奥の配信ルームに行った中園《なかぞの》が叫《さけ》ぶ。

「うお。壁《かべ》と天井《てんじょう》にカメラ⁉　てことはモーション用のスタジオ⁉」

「そう。全部この部屋でできるんだってさ。すげーよな」

俺はモーションスタジオに入って説明を始めた。

「今回は俺たち映画部で4BOXの同時視聴《しちょう》の番組をして、トップ10入りを目指す。簡単に説明すると画面に4BOXを流して、そこに顔出し可能な中園《なかぞの》と穂華《ほのか》さんが出て、番組を見ながらリアルタイムでツッコミをいれる」

中園《なかぞの》と穂華《ほのか》さんが「ラジャー！」と背筋を伸《の》ばした。

「でもふたりだけ画面に出しても面白《おもしろ》くないかなーと思ってさ。顔出しNGな紗良《さら》さんと平手《ひらて》と俺はモーションキャプチャーを使わせてもらうことにしたんだ。紗良《さら》さん、ちょっと良《い》い？」

そう言って紗良《さら》さんの頭と手首、足首に装置を取り付けた。

「天井《てんじょう》には複数のカメラが設置してあって、モーションキャプチャーもできるんだ。簡単にいうと紗良《さら》さんの動きを感知すると、データが連動するんだけど……はい、じゃあ紗良《さら》さんこの部屋の中で好きに動いて」

「え。動けばいいの？」

入り口にあったモニターを見ていた穂華《ほのか》さんと中園《なかぞの》が爆笑《ばくしょう》する。

「ちょっとまって、紗良《さら》っち、ハゲデブ艶々《つやつや》キモキモ昭和のおっさんになってる、マジキモい、ヤバい、軽快な動きをするオッサン！」

「吉野《よしの》さん、ちょっとそこで飛んで……ぎゃははは‼　ヤバい、オッサンの頭に巻いたネクタイが動く、妙《みょう》に芸が細かい！」

画面を見て爆笑《ばくしょう》しているふたりが気になって紗良《さら》さんがモニターに近付いてくる。

「……どういうこと？」

「ヤバい、おっさんがフラフラ動いてこっち来た、キモすぎる！」

穂華《ほのか》さんは床《ゆか》を叩《たた》いて爆笑《ばくしょう》した。

俺は紗良《さら》さんに向かって説明する。

「天井《てんじょう》や部屋の何カ所かに置いてあるカメラが、紗良《さら》さんの身体《からだ》につけている装置の動きを感知してキャラが動くんだ。普通《ふつう》のキャラだと面白《おもしろ》くないから、ギャグで作ったけど誰《だれ》も使ってなかった昭和のオッサンのデータを貰《もら》った」

「私もやりたい、紗良《さら》っち、その頭の貸して！」

紗良《さら》さんから装置を借りた穂華《ほのか》さんが画面に出ると、モニターに昭和のオッサンが躍《おど》り出《で》てきた。その背景に4BOXの動画を流すと、予想より変な仕上がりで良《い》い感じだった。

画面内にいる人に触《ふ》れているようにもできるし、勝手に横に座ることも可能だ。

平手《ひらて》が横に来て、

「俺は⁉」

「平手《ひらて》は、やっぱこれっしょ」

そう言って装置をつけた平手《ひらて》がセンターに出ると、耳が長いケモノなんだけど、ワイシャツを着てランドセルを背負い縦笛を持った……世に言う兎獣人《うさぎじゆうじん》が出てきた。中園《なかぞの》が爆笑《ばくしよう》する。

「どうして人間じゃないんだよ！」

「やっぱ人気取りにモフモフは必要だろ？」

平手《ひらて》は両手で口を押さえて目をキラキラさせ、

「ヤバい……俺ケモノ……兎獣人《うさぎじゆうじん》……好き……」

「平手《ひらて》、ケモノのアニメのビンクジ買ってたじゃん。デザイナーさんもあのアニメ好きで、趣《しゆ》味《み》で作ってたんだって。それ使わせてもらうことにした」

「ヤバいゴメン、すごく楽しい。俺兎獣人《うさぎじゆうじん》……やばい……」

いつも冷静な平手《ひらて》が目を輝《かがや》かせて画面中央で正座した。正座するとケモノなのに足が変な方向に折れて、すげー変になるんだな。それを見て俺たちは再び爆笑《ばくしよう》した。

このモーションキャプチャーは、個人宅にも入れられるような商品で（それでも高いけど）ヌルヌル動く3Dではなく、かなり簡略化された二等身に近いキャラクターしか出せない。だから配信画面に何体出しても重くないらしい。

それほど高度なモーションキャプチャーじゃないから、手がめりこみ、動きによっては身体《からだ》が欠けるけど、ワイワイ騒《さわ》ぐ番組なんだから、それもきっと「アリ」だ。

紗良《さら》さんが俺に近付いて来て、

「陽都《あきと》くんは？」

「俺は……」

装置をつけて画面に出ると、

「なんで陽都《あきと》だけスーツ片眼鏡付きのイケメン執事《しつじ》なんだよ！」

「やっぱカッコイイキャラがひとりは必要だろ？」

「陽都《あきと》くん、なかなかにズルいね」

みんながブーイングする中、紗良《さら》さんだけが目を輝《かがや》かせて、

「陽都《あきと》くんカッコイイ。ちょっとまって穂華《ほのか》。私オッサンになって陽都《あきと》くんの横に行きたいの」

紗良《さら》さんがそう言って装置をつけて俺の横にくると、モニターを見てた穂華《ほのか》さんと中園《なかぞの》が爆笑《ばくしょう》した。やっぱこのシステムすげー楽しい。結局俺たちはモーションキャプチャーのスタジオで二時間ワイワイ遊んでしまった。

使うデータを変えるだけで色んなキャラクターになれるのが楽しすぎる。

「ヤバい、兎獣人《うさぎじゅうじん》マジでテンションあがる」

「平手《ひらて》がそんなに喜ぶと思わなかった」

「いやヤバいよ。二等身なのもすげー可愛《かわい》い」

「手足が四角いのも良《い》いよなー」

中園《なかぞの》はゲームの大会、紗良《さら》さんは塾《じゅく》があり帰った。

俺は平手《ひらて》に頼《たの》まれて、ハウススタジオで穂華《ほのか》さんの撮影《さつえい》の相談に乗ることにした。

平手《ひらて》は机に紙を数枚広げて、

「んでこれがタイムスケジュールなんだけどさ。ここから、ここまで、穂華《ほのか》さんが裏でずっと取材するんだよ」

「え……四時間ぶっ通し？　ヤバ……」

平手《ひらて》が広げた紙はA4を三枚繋《つな》げても終わらないようなタイムスケジュールだった。

平手《ひらて》は内容が書かれた紙も出し、

「午後も六時間あって、女の子たちが露店《ろてん》も出す。そこも取材してほしいんだって」

「六時間⁉　長過ぎだろ。それに露店《ろてん》かー……ネタの宝庫だなー」

「これが出演者一覧」

「いやいや、何人いるんだよ……」

穂華《ほのか》さんの事務所には百人以上が所属していて、有望株にならないと全く仕事が来ないと言っていたけれど、これだけ所属してたらそうなるわ。平手《ひらて》は一覧を見ながら、

「イベントを裏から撮影《さつえい》してそのまま流せば良いと思ってたんだけど、事務所のほうが一時間の特番もほしいって言ってきて」

「え？　この膨大《ぼうだい》な一日を？　たった一時間に？」

「そうなんだよ。だから撮影《さつえい》前にある程度構成しようと思って」

「いや、そうしないと無理じゃね？」

「これなんだけど……」

そう言って平手《ひらて》は、どんなイベント内でどんなことがあり、誰《だれ》が出演して、どういう行動をするか事細かに書いてある紙を出してきた。見所、どういう絵が撮《と》れるか、最終的にどんな一時間にするかの構成も書き込んであった。俺はそれを見て、

「平手《ひらて》すげぇ。ここまでやってんのすげぇな」

「それでも見て。現時点で二時間半以上。ぜんぜん入らないんだ」

「いや無理だろ～～」

俺と平手《ひらて》はイベントの内容を見ながら、ああじゃないこうじゃないと考え始めた。

そこに大量の荷物を持った穂華《ほのか》さんが戻《もど》ってきて、

「すいません、今打ち合わせ終わりましたっ！　これ、平手先輩《ひらてせんぱい》に」

「おお。マカロンだ。すごい、チョコレートも。ありがとう」

「なんかすいません、事務所が平手先輩《ひらてせんぱい》に予想より色んなこと頼《たの》んじゃって。自宅でも作業になっちゃってますよね」

「そうだね、でもわりと楽しいから」

「これ、夜食べて下さいっ！　あ、おせんべいも、お茶も買ってきました」

「ありがとう」

穂華《ほのか》さんはあれもこれも！　と平手《ひらて》に手渡《てわた》した。

横で静かに待つが、俺の所にマカロンもせんべいも、お茶パックのひとつも来そうになかった。俺は分かりやすく「オホン」と咳払《せきばら》いをして、

「俺には？」

「辻尾先輩《つじおせんぱい》に何か渡《わた》したら紗良《さら》っちに殺されちゃうんで！　私親友の彼氏《かれし》とかそこら辺の雑草より興味ないんですよ」

「雑草以下。いや、仕事手伝ってる感謝は？」

俺と穂華《ほのか》さんのやり取りを聞いていた平手《ひらて》が気をつかって、

「じゃあマカロン一緒《いっしょ》に食べようよ」

「これは平手先輩《ひらてせんぱい》に買ってきたんです、この前打ち合わせでマカロン美味《おい》しそうに食べてたの見てたんです。甘い物お好きなんですね」

「うん。だから嬉《うれ》しい、ありがとう」

これも！　これも美味《おい》しかったんで！　と穂華《ほのか》さんは平手《ひらて》に色々渡《わた》して本番の動きを確認《かくにん》していた。

ふ〜んだ。俺なんて紗良《さら》さんの手作りのお弁当たべてるし？　なんならこの前は紗良《さら》さんと

駄菓子《だがし》デートしたし？　……と思うけど、この贔屓《ひいき》は少しだけ面白《おもしろ》くない……と思っていたら穂華《ほのか》さんがカバンから紅茶の缶《かん》を取り出して、

「これ、紗良《さら》っちにプレゼントです。この前クマですこれ？　クマらしき物体Xを貰《もら》ったので」

そう言って穂華《ほのか》さんは俺たちが山で作ってきたクマのキーホルダーを見せた。

クマらしき物体Xって、必死に作った紗良《さら》さんが怒《おこ》るよ。まあちょっと耳が長くてどこ見てるか分からない顔になってるけど、紗良《さら》さんがクマって言ったらクマだから！

穂華《ほのか》さんが渡《わた》してきた紅茶の缶《かん》は、この前紗良《さら》さんの家で頂いたすごく美味《おい》しいものだった。

俺じゃなくて紗良《さら》さんにプレゼントするのが、さすがの気遣《きづか》いという気がする。

だからこういう仕事も任されるんだろうな……。

俺と平手《ひらて》と穂華《ほのか》さんは気合いを入れて撮影《さつえい》スケジュールを組んだ。

「ああ——、すいません。結局辻尾《つじお》先輩《せんぱい》にも手伝ってもらって」

「いや、平手《ひらて》すげーわ。あれだけの人の顔と名前覚えてスケジュール組むの、ムズすぎる」

「そうなんですよ、もう超《ちょう》 感謝です！　それに平手《ひらて》先輩《せんぱい》は取材するときに、すごく気をつかってくれるから助かるんです。いるじゃないですかカメラ持ちながら撮影《さつえい》されてる人より目立とうとする人」

「いるいる」

「平手《ひらて》先輩《せんぱい》は全然そういうことしなくて、私を立ててくれるから嬉《うれ》しいんですよね」

「……いやもう、そんなに褒《ほ》めなくていいよ」

平手《ひらて》は褒《ほ》められすぎて居心地《いごこち》が悪くなったのか、恥《は》ずかしそうに手を振《ふ》り反対方向の電車に乗って帰っていった。

俺と穂華《ほのか》さんは途中《とちゅう》まで同じ電車なので、話しながら駅のホームを歩く。

穂華《ほのか》さんはリュックを背負い直し、

「いやー、もう超《ちょう》気合い入ってきました。これで頑張《がんば》って、結果残して、アピールして！　次の仕事もバリバリ決めていきたいです！　でもせっかくのチャンスなのに4BOXコラボでメイン張れないのはちょっと残念です」

「まあ中園《なかぞの》で頑張《がんば》るのも良《い》いかなって気がするんだよ、俺」

中園《なかぞの》は今まで浮《う》き草《くさ》みたいに誰《だれ》にでも優《やさ》しく、誰《だれ》とでも付き合ってきた。

でも天体望遠鏡の持ち主……桜子《さくらこ》さんという人だけは特別らしく、その人にアピールするために何かしたいというなら、シンプルに応援《おうえん》したくなる。

穂華《ほのか》さんはスマホをポケットに入れて、

「……あの……聞こうと思ってたんですけど……。家でも撮影《さつえい》しようって言ってる天体望遠鏡って……、ひょっとして合宿の時にあったやつ、ですか」

「ああ、そうだよ。別荘《べっそう》にあったやつ。あれが今、中園《なかぞの》の家にあるんだよ。俺も穂華《ほのか》さんに聞きたかったんだけど、本当に中園《なかぞの》、合宿の時に天体望遠鏡扱《あつか》えてた？　怪《あや》しいと思うんだけど」

「かなり詳《くわ》しいんじゃないかな、って思ってます。実は合宿の時、中園先輩《なかぞのせんぱい》天体望遠鏡見るなり目の色変えて『使い方わかんねー！』って言いながら、ものすごく手早く解体して片付けたんです。使い方分からないなら、解体方法も分からないじゃないですか。だから嘘《うそ》なんだなって。むしろ大切だから触《ふ》れさせたくないように見えました」

この観察眼、さすが人を見るのが得意な穂華《ほのか》さんって気がする。

穂華《ほのか》さんは続ける。

「中園先輩《なかぞのせんぱい》は、適当だけど嘘《うそ》つく人じゃない。ひょっとしてなんですけど。中園先輩《なかぞのせんぱい》がメール待ってる人って、あの天体望遠鏡の持ち主ですか？」

電車が入ってきて穂華《ほのか》さんのハーフツインを緩《ゆる》く揺《ゆ》らす。

なんでこんなこと聞くんだろう。……あれ？　ひょっとして。

俺は嫌《いや》な予感がする。穂華《ほのか》さん、ひょっとして中園《なかぞの》のことを……？

そして俺は個人的なことを、他の人にペラペラ話すのが苦手だ。

自分が中学の時に「盗撮《とうさつ》犯だ」と面白《おもしろ》おかしく話されたのがトラウマで学校に行けなくなったのもあり、好きではない。俺はスマホをポケットに入れて、

「人のプライベートを勝手に話したくないんだ。だから気になるなら中園《なかぞの》に聞いて」

「知ってます。そういう辻尾《つじお》先輩《せんぱい》だからこそ、はっきり言いますけど、私、マジで1ミリも中《なか》園先輩《ぞのせんぱい》に興味なかったんですけど、嘘《うそ》つかれてた時ちょっと良《い》いなって思って。少し気になってたんですけど、その人が相手なら勝てそうにないですね。それに今はそんなことしてる場合じゃないですよね、切《き》り替《か》えます！　切《き》り替《か》えるためにも知りたいなあって思ってたんです」

そう言って笑顔《えがお》を見せた。

合宿でそんなことがあったのか。俺はあの時、紗良《さら》さんとイチャイチャすることしか考えてなかったから、何も知らなかった。

でも中園《なかぞの》は親友の俺が言うのも何だけど、ワイワイ一緒《いっしょ》に騒《さわ》ぐなら最高に楽しいヤツだけど、本気で恋愛《れんあい》するには難しい相手に見える。

なにより中園《なかぞの》は今、少しマジっぽい恋《こい》をしていて、そのために動いている姿を見ると、それを応援《おうえん》したいなと思う。

「じゃあまたー！」と手を振《ふ》って電車に乗って去って行く穂華《ほのか》さんを見送った。

しかし優《やさ》しい姿を好きになるんじゃなくて、嘘《うそ》をついた姿で好きになるの？

普通《ふつう》逆じゃね？　女心はよくわからん。

第9話　思い出と共に

「ヤバい、腹が痛い、最高の写真が撮《と》れてる」

「良《い》い感じ？　てか日本人形って著作権あんの？」

「これで金儲《かねもう》けするなら関係ありそうだけど、プレゼントだから……ぎゃはは！　こぇぇ！」

俺はカメラを抱《かか》えて爆笑《ばくしょう》した。

今日は朝から中園《なかぞの》の自宅に来て、日本人形と中園《なかぞの》の写真を撮《と》っている。

ビンクジの景品を何にしようか考えていたら、安城《あんじょう》さんが「アクスタなら安く作れるからそれにしたら？」と言ってくれたのだ。

確認《かくにん》したらさくらＷＥＢが契約《けいやく》している会社を使えば、タダ同然で作れることが分かった。

これで必要なのは写真だけになったんだけど、何を撮影《さつえい》しようかずっと悩《なや》んでいた。

結局中園《なかぞの》に日本人形の話をされてから、そればかり頭に浮《う》かび、脳内供養《くよう》する意味も含《ふく》めてアクスタにすることにした。提案すると中園《なかぞの》はノリノリになり、階段から日本人形を引っ張り出してきて、横に立った。

「陽都《あきと》どう？　俺と日本人形」

「マジで意味不明。こんなアクスタほしい奴《やつ》いない。だがそれが良《い》い」

俺たちはギャーギャー騒《さわ》いで笑いながら写真を撮影《さつえい》した。

この写真の背景切《き》り抜《ぬ》いたらアクスタになるんだけど、それをほしがってビンゴ引いてくれる人がいるかどうか分からない。まあ中園《なかぞの》にはコアなファンが多いからいけるだろ。

中園《なかぞの》のお母さんは仕事で忙《いそが》しく、基本的に家にいない。だから昔から夏休みといえば、中園《なかぞの》の家に来て騒《さわ》いで遊んで宿題して遊んでいた。うちは母さんがいて「勉強しろ」「これ食べろ」とか言われるけど、ここは誰《だれ》もいなくて気楽だ。

写真を見ながら笑う俺たちの間を、夏の生ぬるい風が吹き抜《ぬ》けていく。転がった頬《ほお》にふれる畳《たたみ》の冷たい感触《かんしょく》が気持ち良く、思いっきり足を伸《の》ばした。外の木に蟬《せみ》がいるらしく、ミンミンとうるさく鳴《ふ》いている。この家は周りに大きな道がない。車が入って来られないような細い坂道や階段に囲まれた高台にある家で静かだ。階段の手すりが老朽《ろうきゅう》化して取れていて危なく、両隣《りょうどなり》も空き家で誰《だれ》もいない。中園《なかぞの》はむくりと立ち上がって、

「ソバ茹《ゆ》でようぜ、ソバ。腹減った」

「天ぷらあんの？」

「陽都《あきと》お前、天ぷらってどれだけ難しいか知ってる？」

「油に突《つ》っ込めば良いんじゃないの？」

「そんな簡単なワケねーだろ。爆発《ばくはつ》するんだよ、爆発《ばくはつ》！」

そう言って中園《なかぞの》は笑いながら台所に立った。天ぷらが爆発《ばくはつ》？　どういうこと？

中園《なかぞの》は親が離婚《りこん》してるからか、料理に慣れていて普通《ふつう》に台所に立つ。

俺は母さんがすげーしっかり飯を作ってくれるから、全くやる気にならない。

でも母さんがうるさいから、いつか一人暮らししたい。俺も立ち上がり、中園《なかぞの》の横に立った。

「天ぷらって、どうやってつくんの？」

「マジでやる？　タマネギと……あ、桜エビならある。あ、賞味期限切れたちくわもある」

「それ大丈夫《だいじょうぶ》なのかよ」

「練り物なんて、ちょっと期限切れても食べられる」

そう言って中園《なかぞの》は手早く油を取り出して天ぷらの準備をはじめた。俺は料理をしている中園《なかぞの》アクスタこそ需要《じゅよう》があると感じてカメラを取り出した。それを見た中園《なかぞの》は、

「作るんじゃないのかよ！」

「やっぱ俺の生きる道は撮影《さつえい》だから。そしてお前をトップ10に入れて実力を見せつけて一人暮らしする」

「陽都《あきと》の生活能力で!?　見てろよ俺の完璧《かんぺき》なかき揚《あ》げを……、オラッ！」

「……おいおい、全部分解されてるやん。油の上で浮《う》くタマネギじゃん」

「だから難しいって言っただろ!?」

中園《なかぞの》が油の中に入れたかき揚《あ》げの素らしき物体は、油に入れた瞬間《しゅんかん》に広がり、ただの油に浮《う》かんだタマネギになった。これはポストカードにしよう。俺はそれを写真に撮《と》った。

さすがに要《い》らなくね？　……もう何でもいいや。

腹が減りすぎて五人前そばを茹《ゆ》でて食べた。

バラバラになり無駄《むだ》にカリカリになったタマネギは思ったより美味《おい》しく、賞味期限が切れたちくわは青のりたっぷりで香《こう》ばしかった。

俺は満腹になった腹を抱《かか》えて縁側《えんがわ》に転がった。

「あー……腹一杯《はらいっぱい》。腹膨《ふく》れるとマジでやる気が無くなる」

「もう素材充分《じゅうぶん》撮ったっだろ。そんなのでクジ引いてくれるヤツ要《い》るのかな」

「紗良《さら》さん扮《ふん》する昭和のオッサンとか、平手《ひらて》がなるモフモフもアクスタにしてくれるって」

「絶対あっちのが需要《じゅよう》あるだろ。俺も昭和のオッサンするわ、負けてらんねー」

そう言って中園《なかぞの》は頭に学校のネクタイを巻いて立ったのでカメラを構えたけど、

「全然面白《おもしろ》くない」

「ちくしょ――!! 絶対あっちのがクジで引かれるわ。俺と穂華《ほのか》ちゃん、人間の敗北決まってるわ、これ」

そう言って中園《なかぞの》は縁側《えんがわ》に座ってお茶を飲んだ。

俺は穂華《ほのか》さんの名前を聞いてふと思い出して、

「桜子《さくらこ》さんから、あの後連絡《れんらく》あったの？」

「一回メール来た。昔からスマホもネットも見ない人だけど、朝の情報番組はどっかで偶然《ぐうぜん》見たって。基本的に忙《いそが》しいから、そのメールも会社かどこかで出してるっぽい」

「そりゃアナログだな」

「会えてた時期もスマホ持ってなかった。いや、連絡《れんらく》あってテンション上がった。てかマジで4BOX出るのが正解なん？　俺の人生。陽都《あきと》どう思う？　やりたいけど、やりたくねー」

「……分かる。俺も体育祭の実行委員、やりたいけど、やりたくなかった」

「だよなあ！　やりてぇ、やりたくねぇ～。ゲームだけしててー」

そう言って日陰《ひかげ》から流れてくる涼《すず》しい風を浴びて転がった。

結局写真だけ撮《と》ってソバ食って夕方まで昼寝《ひるね》してしまった。夏の中園《なかぞの》の家は快適すぎる。

今日中にアクスタのデータを入れなきゃダメなことを思い出し、慌《あわ》てて作業していたら『今日お母さんたち遅《おそ》いみたいだから、家の近くで一緒《いっしょ》に晩ご飯食べない？　紹介《しょうかい》したい人がいるの。お父さんの親友さんで』とLINEが来た。

そんな風に誘《さそ》われたら嬉《うれ》しくて、すぐに中園《なかぞの》家を飛び出した。作業はあとでいいや！

夏真《ま》っ盛《さか》りの昼過ぎは、髪《かみ》の毛《け》が焦《こ》げてしまいそうなほど暑い。日陰《ひかげ》を移動して電車に飛び乗った。恋人《こいびと》がいる夏休み、超《ちょう》楽しいな。

紗良《さら》さんが住んでいる駅は、挨拶《あいさつ》の時にも行ったけど特急列車が停《と》まる結構大きな駅だ。

再開発が始まってるようで、駅のすぐ横の建物は取《と》り壊《こわ》されて更地《さらち》になっていた。

そんなに大きな駅じゃないのに特急も準特急も止まるから、なんかよく分からないけど駅に権力がありそうな気がする。出口から出ると、紗良《さら》さんが待っていた。

「陽都《あきと》くん！　来てくれてありがとう。良《い》い写真撮《と》れた？」

「見る？　ほらこんなの」

「え……怖《こわ》い……日本人形……無理……」

「後ろに立ってる脳天気な中園《なかぞの》がセットになって恐怖《きょうふ》を薄《うす》める方向で」

「……薄《うす》まらないの……怖《こわ》いの……駄目《だめ》なの……」

そう言って静かに首を振《ふ》った。そりゃこんなの俺も要《い》らないが、それがいい。

今日の紗良《さら》さんは家の近くだから、いつもよりラフな雰囲気《ふんいき》だ。

髪《かみ》の毛《け》はいつも通りの三つ編みだけど、リボンが付いていない。部屋着のTシャツに長袖《ながそで》のワンピースの前を開けた状態で羽織っていて、ゆるい長ズボンを穿《は》いている。

メイクもしてなくて、合宿の時のお風呂《ふろ》あがりのような素顔《すがお》で、シンプルな雰囲気《ふんいき》が可愛《かわい》い。

俺はキュッと手を握《にぎ》った。その真横の壁《かべ》に、吉野花江《よしのはなえ》さんのポスターがあり、目が合って驚《おどろ》いた。

「……びっくりした。花江《はなえ》さんのポスターだ」

「あ、そうそう。このお店は応援《おうえん》してくれるから、ポスター貼《は》らせてくれてるの」

「紗良《さら》さんは、いつもこの花江《はなえ》さんのポスターを見てから学校行ってるんだよね。なんか……変な気持ちにならない？　お母さんの顔写真」

紗良《さら》さんは「あはは！」と笑って、

「小学生の時はイヤだったよー……。ほら、選挙になると駅前で話したり、車で回るでしょう。そのマネをされるの。『吉野花江《よしのはなえ》、吉野花江《よしのはなえ》でございます。皆様《みなさま》の力になる花、笑顔《えがお》になる花、それが吉野花江《よしのはなえ》でございます』」

「あー……。そういう言葉をくっ付けて言うよね、名前を覚えてほしいからだ」

「そうなの。あれをね、机の周りぐるぐる回って言われるの。言ってるほうは悪いって思ってないし、怒《おこ》るのもお母さんを悪く言うみたいで何も言えなくて……でも友梨奈《ゆりな》が一年生で入って来た時に『うるせぇバカ！』って言ってから、誰《だれ》も言わなくなった」

「あははは！　友梨奈《ゆりな》さん、最強すぎる」

「どういう躾《しつ》けしてるんですかって、同じクラスのお母さんに言われたみたいだけど、私はちょっとスッキリしちゃったなあ」

「うん。紗良《さら》さんはお母さんのことを思って我慢《がまん》してたんだね」

俺がそう言うと紗良《さら》さんは目を伏《ふ》せてうつむき、

「そうなの。お父さんが選挙してた頃《ころ》、私は幼くて、そういうの気にならなかったけど。小学生の時はイヤだったな……。でも言えなかったけど……」

少し淋《さみ》しそうな表情を見て、俺は笑顔《えがお》になってほしくて顔をのぞき込み、

「で、今日はどこに連れて行ってくれるの？」

紗良《さら》さんはパアと笑顔《えがお》になり、

「今日行くのはね、お父さんの親友さんがしているジャズバーなの」

「ジャズバー。ジャズ全然詳《くわ》しくないけど大丈夫《だいじょうぶ》かな」

「ジャズバーって名前で営業してるけど、全然ジャズとかしてなくて、音楽ならなんでもOKなお店でご飯がすごく美味《おい》しいの。お父さんが死んじゃってからも、良くしてくれた人だから、私の第二のお父さんみたいな人。お母さんに陽都《あきと》くんを紹介《しょうかい》したから、次はジャズバーの楠《くす》木《のき》さんに会ってほしいなと思ったの」

そう言って俺の手をキュッと握《にぎ》ってきた。

大切な人に紹介《しょうかい》してもらえるのは、単純に嬉《うれ》しい。

紗良《さら》さんは俺の手を引いて商店街を楽しそうに歩き始めた。

「こっち！　まずは町紹介《しょうかい》をするよ。あっちに煙突《えんとつ》が見えるでしょ。あそこに銭湯があるの」

「銭湯。俺行ったことないんだよなあ」

「家にお風呂《ふろ》があるとなかなか行かないよね」

「合宿の温泉は最高に気持ち良かったから、デカい風呂《ふろ》は好きだけど」

「分かるー。あ、それでその奥にあるのが私が通ってた幼稚園《ようちえん》！　時計台が見えるでしょ？あれが滑《すべ》り台《だい》なの」

紗良《さら》さんはワンピースを揺《ゆ》らしながら、商店街を歩き始めた。

幼稚園《ようちえん》の前にある信号は音楽が鳴るの。ほら、こういうペコ！　ペコ！　って可愛《かわい》い音がする。これはお父さんが「これなら押すでしょう？」と提案したの。

このお店は子ども用ラーメンがあるの。コーンがたっぷり入っていて美味《おい》しいのよ？　奥まった所にあるお肉屋さんは、コロッケがすごく美味《おい》しいけど、午前中で売り切れちゃうの。中に入ってるお肉がすごくジューシーなのよ。こんど食べてほしいな。そこの花壇《かだん》の花は、幼稚園《ようちえん》の子たちが植えていて、私もチューリップが咲《さ》くのをずっと待ってたの。ここのおそば屋さんは、カレーうどんがすごく美味《おい》しいの。出汁《だし》が濃《こ》くて、いつもカレーが服にはねちゃってね、お父さんと何度も食べたの。

こっちこっち。こっちにもあるの。

紗良《さら》さんは自分が住んでいた町を、自分の経験と共に教えてくれる。

聞くほどにこの町が大好きな、小さい頃《ころ》の紗良《さら》さんがたくさんそこにいるようで、その感覚が面白《おもしろ》く、写真を撮《と》りながら歩いた。

紗良《さら》さんは俺がスマホを構えると「じゃじゃーん」と可愛《かわい》くポーズを取ってくれる。

昔ながらの商店街で、夕方の町は少しだけ風が気持ち良く、夕日のコントラストが美しい。

紗良《さら》さんは三つ編みを揺《ゆ》らしながら、楽しそうに商店街を歩いた。

「そしてここがジャズバー」

「おお――。雰囲気《ふんいき》が大人っぽい。ひとりだと入れなかった」

「これがねー。来て？　中は全然違《ちが》うの」

そう言って俺の手を引っ張って階段を降りた。

ジャズバーは半地下のような場所にあり、左右の壁《かべ》には『バンドメンバー募集《ぼしゅう》』『カラオケサークルです』というポスターが貼《は》ってある。そして『フラメンコ踊《おど》りませんか？』『タンバリンで踊《おど》りまくろう』というチラシもあった。

ジャズバーでフラメンコ？　タンバリン？　不思議に思いながら後ろをついて行った。

重たいドアを開けると、流れるようなピアノの音が聞こえてきた。

それはサラサラと上流から下流に向けて、小石と共に流れ落ちるような静けさで。

ピアノを弾《ひ》いていた人は紗良《さら》さんに気がついて手を止めて、

「お。紗良《さら》ちゃんだ」

「楠木《くすのき》さん。こんばんは」

「おっとお……これが噂《うわさ》の彼氏《かれし》くんか。……あっとダメだ、駄目《だめ》なお父さんが顔出してる。紗《さ》良《ら》ちゃんの初彼氏《かれし》をイジったら勇《ゆう》ちゃんに怒《おこ》られるわ。待ってね、ちゃんとする」

そう言って楠木《くすのき》さんは「おほん、おほん」と声を整えた。

紗良《さら》さんは横でケラケラと楽しそうに笑っている。楠木《くすのき》さんは姿勢を正し、

「はじめまして、楠木《くすのき》です。紗良《さら》ちゃんのお父さん、勇二《ゆうじ》くんの友だち。紗良《さら》ちゃんは子ども

の頃《ころ》から仲良くさせてもらってます」

「はじめまして、辻尾陽都《つじおあきと》です。紗良《さら》さんとは高校の同級生でお付き合いさせて頂いています」

「たは――！　好青年〜。たは――」

「楠木《くすのき》さん、また駄目《だめ》なお父さんになってますよ」

「だって、たは――。いや――、友梨奈《ゆりな》ちゃんから聞いてたけど、これは好青年だわ〜〜」

「えっ、友梨奈《ゆりな》何を言ってたんですか」

「ピカピカで無印良品みたいな彼ピ！　って言ってたよ」

紗良《さら》さんは「なにそれ……」と呆《あき》れ顔《がお》で遠い目をした。

お母さんといる時とも違《ちが》う、学校とも違《ちが》う、俺の前にいる時よりもくだけている紗良《さら》さんが新鮮《しんせん》だ。楠木《くすのき》さんは「二十年前からうちはメニュー変わってないんだ」と手早くオムライスを作って出してくれた。

それは昔ながらのケチャップライスにふわふわな甘い卵が乗ったものだった。デミグラスソースは深くて濃《こ》くて、それが甘い卵にものすごく合った。

俺たちが食べている間に、さっき楠木《くすのき》さんが弾《ひ》いていたピアノを他の人が弾《ひ》きだした。

ピアノの周りに小学校低学年くらいだろうか……子どもたちが集まってタンバリンを叩《たた》いて踊《おど》り始めた。楠木《くすのき》さんは俺にオレンジジュースを出しながら、

「うちは超防音《ちょう》だけが売りの店だからさ、音楽に関係するのは何でもオッケーにしてるの。あれはタンバリンで踊《おど》りまくろうの会」

「お店の名前はジャズバー……ですよね？」

「かっこいいじゃん。ジャズ。モテるかなと思ったんだけど、敷居《しきい》が高いだけでモテなかった」

「あははは！」

「ご飯も食べられて楽しく歌って踊《おど》れる何でもクラブ……が正式な名前かも」

笑う楠木《くすのき》さんの横で、食べ終えた紗良《さら》さんが椅子《いす》から立ち上がった。

「楽しそう！　私も一緒《いっしょ》にタンバリン叩《たた》いてこようかな」

そう言って置いてあったタンバリンを持って子どもたちの方に向かった。

空いた紗良《さら》さんの椅子《いす》に楠木《くすのき》さんが座り、その景色を目を細めて見た。

「……やっと元気になってきたなあって感じがする、紗良《さら》ちゃん。たまに挨拶《あいさつ》に来てご飯食べて帰るだけで、あんな風に自分から音楽の輪に入っていくことしなかったよ。辻尾《つじお》くんのおかげかな」

「いえ、俺の方が紗良《さら》さんにすごく助けられてるんです。紗良《さら》さんがいなかったらしなかったこと、たくさんあります」

中学の時のままだったら、人と関わるのが怖《こわ》くて、俺はきっと今も学校で目立たないようにしていた。でも紗良《さら》さんに出会って、俺を見てほしくて、好きになってほしくて動き出したんだ。だから助けられているのは、絶対俺のほう……ていうか、タンバリン持って踊《おど》ってる姿すげー可愛《かわい》いな。

俺は我慢《がまん》できずにスマホを取り出して、歌って踊《おど》る姿を撮影《さつえい》した。

三つ編みをぴょんぴょん揺《ゆ》らしながら、紗良《さら》さんは子どもたちと楽しそうに歌っていて、俺の横にいた楠木《くすのき》さんはいつの間にかチェロを取り出して、横で弾《ひ》いていた。

それがもう、大きくてデカくてメカっぽくて、超《ちょう》カッケーの！

俺は夢中になって撮影《さつえい》してしまった。

気がついたんだけど、楽器って音が出るメカじゃね⁉

「また来てね」

そう言って楠木《くすのき》さんは店の外まで出てきて手を振《ふ》って見送ってくれた。

俺たちはお礼を言ってお店を出た。そして紗良《さら》さんの手を握《にぎ》り、

「すげー楽しかった。紗良《さら》さんが大好きな町と、店、良《い》い所だね」

「紹介《しょうかい》できて嬉《うれ》しかった。楠木《くすのき》さんがチェロ弾《ひ》いたの久しぶりだったんだよ、いつも弾《ひ》いてなかったの」

「あれすげーかっこ良かった。マジでヤバい」

「陽都《あきと》くん、床《ゆか》に座り込んで撮影してて笑っちゃった。……私も撮《と》ってるの？」

そう言って唇《くちびる》を尖《とが》らせて俺のほうをチラリと見た。俺はスマホをポケットから出して、動画を見せた。紗良《さら》さんは「むうー」と俺の腕《うで》にしがみ付いて、

「……恥《は》ずかしいよ」

「誰《だれ》にも見せない。ただ、すごく可愛《かわい》くて……なによりジャズバーっていう空間なのに、みんなが好きに音楽楽しんでて良いなあと思ったんだ」

「良《い》いお店でしょ！　大好きなの。私、子どもの頃《ころ》、あのピアノでお父さんと楠木《くすのき》さんからピアノ習ってたのよ」

「そうだったんだ」

話している間に駅に着いてしまった。

いつもよりくだけていて、ラフで素顔《すがお》、そんな紗良《さら》さんが可愛《かわい》くて離《はな》れがたい。

もう帰らなきゃいけないけど……そう思っていたら、紗良《さら》さんが俺の服の袖《そで》をツンと引っ張った。

「今日、お母さんは食事会で、友梨奈《ゆりな》はバイトで遅《おそ》くなるの。だからまだ家にいないわ。紅茶でも飲んでいく？」

「えっ……いいの？」

「21時まで帰れないってLINEがきてたの」

え、すげー嬉《うれ》しいけどちょっとまって。誰《だれ》もいない家にふたりっきり⁉

突然《とつぜん》の提案に一瞬《いっしゅん》で緊張《きんちょう》した。慌《あわ》ててスマホで時間を確認《かくにん》したら20時。すぐお母さんと友梨奈《ゆりな》さんが帰ってくるんだから、少しだけ……もう少しだけ紗良《さら》さんに甘えたい。俺は緊張《きんちょう》しながら紗良《さら》さんの家に着いて行くことにした。

「どうぞ。あ、穂華《ほのか》がくれた紅茶出そうかな。すごく美味《おい》しかったの」

「お邪魔《じゃま》します……」

「二度目だし、そんなに緊張《きんちょう》しなくても。部屋片付けてないからリビングでいいかな」

「うん！　あ、はい！」

俺は緊張《きんちょう》しつつ、リビングにあるソファーに座った。

このリビングは前に挨拶《あいさつ》に来たとき入った部屋だ。さすが政治家の家という感じで大きな机に椅子《いす》、そして壁側《かべがわ》には大きなソファーが置かれている。

前はあの椅子《いす》に石のようになって座っていた。正直挨拶《あいさつ》の時の記憶《きおく》は曖昧《あいまい》だ。とにかく「しっかり！」ということしか覚えてない。

ゆっくりと部屋を見るのははじめてで……と棚《たな》の上を見ると、四人が写っている写真が目に入った。

「……この頃《ころ》に、ピアノ習ってたの？」

「そう、丁度この頃《ころ》！……でもなんか恥《は》ずかしい」

「すごく可愛《かわい》い。さっきのお店にも小さい子がいたね、あんな感じで？」

「あのお店ピアノ教室とか、音楽関係の教室もしてるの。といっても、先生が来て、場所を貸してるだけなんだけど」

そういって机に紅茶を置いて、横に座った。

写真に写っているお父さん……身体《からだ》がかなりふっくらしているけれど、顔の優《やさ》しさとか雰囲《ふんい》気《き》とかが似ててお父さんなんだな……と分かる。

お母さんは若くて、でも今とそんなに変わらない気がする。もうこの時からパワーに溢《あふ》れている。何より紗良《さら》さんが可愛《かわい》い。目がまん丸で前髪《まえがみ》が揃《そろ》っていてチェックのスカート。胸元《むなもと》には大きなリボン。そして髪《かみ》の毛《け》をキッチリとした三つ編みにしている。昔から三つ編みしてるんだ……可愛《かわい》い。俺がスマホを取り出すと、紗良《さら》さんはパシッと写真立てを奪《うば》い取《と》った。

「これは恥《は》ずかしいから、ダメッ」

「さすがにダメ？」

「ダメッ！　それに……昔の私より、今の私のほうがいいんじゃない？」

そういって紗良《さら》さんは三つ編みを両手で持って、ゆっくりと解いた。

あ。これは……俺の心臓がドクンと跳《は》ねる。夏の合宿の時も紗良《さら》さんは俺に三つ編みを外させた。

それは……間違《まちが》いなく少しエッチなサインで……。

紗良《さら》さんは俺の胸元《むなもと》にゆっくりと掌《てのひら》を置いて目を細める。俺は吸い寄せられるように紗良《さら》さんを抱《だ》きよせた。

細い腰《こし》、柔《やわ》らかい背中、ああ、紗良《さら》さんだ。

そのまま目を閉じてキスをした。

柔《やわ》らかくて温かい紗良《さら》さんの唇《くちびる》。ここは紗良《さら》さんの家で、すごく静かで……誰《だれ》もいない。

俺は夢中で唇《くちびる》に唇《くちびる》を触《ふ》れさせた。

夏の合宿の時は部屋が暗くて、紗良《さら》さんの顔がよく見られなかった。俺とキスしてる時、紗《さ》良《ら》さんはどんな顔をしてるんだろう。

薄目《うすめ》を開いて見ると、紗良《さら》さんは完全に目を閉じて……その長いまつげが目の前にあって、すごく綺麗《きれい》だと思った。

そう思ったら、ものすごくもっとしたい、もっと色んな表情を見たい……そんな気持ちがわき上がって、俺は一度唇《くちびる》を離《はな》し、上の唇《くちびる》だけにチュと軽く触《ふ》れた。

紗良《さら》さんはキョトンとして、でも同じように俺の上唇《うわくちびる》にキスしてくれた。

そしてそのまま俺を押し倒す。えっ、俺が倒《たお》されちゃうの？　でも覆《おお》い被《かぶ》さって見下ろしてくる紗良《さら》さんがエッチでドキドキして、そのまま身を任せる。

紗良《さら》さんは俺の上に乗っかって、親指で俺の下唇《したくちびる》に触《ふ》れた。そして首を傾《かし》げた。

解かれた髪《かみ》の毛《け》がサラリと揺《ゆ》れて長い首が見える。

「……ここはいつもお母さんと話にくる議員さんが座る所なの。そんな所に陽都《あきと》くんが転がってて、そこに私が跨《また》がってるなんて……なんかすごく悪いことしてるみたいで、興奮する」

「なるほど。もっと悪い子になってもろて」

「もろて」

なぜか出てきた大阪の商売人みたいな言葉に自分で戸惑《とまど》っていたら、紗良《さら》さんは笑いながら上から覆《おお》い被《かぶ》さって、俺の唇《くちびる》に親指で触《ふ》れてペロリと舐《な》めた。

うっわ……。紗良《さら》さんは跨《また》がってるし、これはちょっと時間を確認《かくにん》したい、いやどこまでとかそういうことじゃなくて、どれくらい味わえる時間が残っているのか。

いや俺は時間があったらどこまで何をしたいと思っているのか。それを確認《かくにん》するためにも時間を知りたい。もはや脳内が禅問答《ぜんもんどう》のようになってきた。

俺の気持ちなんて無視して、紗良《さら》さんはそのまま顔を動かして、俺の耳に唇《くちびる》を付けた。そのままわざとチュと音を立ててキスをして、俺のほうをいたずらっ子のような目で見た。

俺もしたい。俺も紗良《さら》さんに悪いことしたい。

紗良《さら》さんをお腹《なか》の上に載《の》せたまま腹筋でなんとか起き上がる。紗良《さら》さんがものすごく近くにいてそんなことが嬉《うれ》しい。

そのまま唇《くちびる》に触《ふ》れて、舌を紗良《さら》さんの中に入れる。紗良《さら》さんの肩《かた》がピクンと動く。

可愛《かわい》い。もっと。もっと俺がキスすることで動いてほしい。

俺はそのまま紗良《さら》さんの背中に手を回して、ソファーに押し倒す。

舌で紗良《さら》さんの中を触《ふ》れると、そのたびに紗良《さら》さんの唇《くちびる》が開いてきて、柔《やわ》らかい吐息《といき》が漏《も》れる。唇《くちびる》を離《はな》すと紗良《さら》さんが俺のほうを少し睨《にら》んでいた。

「悪い子だ」

「そう。紗良《さら》さんが家族といるときも、俺のことを思い出す……悪いこと……」

俺はそのまま紗良《さら》さんの耳に唇《くちびる》を寄せた。甘い匂《にお》いが強く香る。

「は……」

紗良《さら》さんの吐息《といき》に心臓が痛い。

そのまま唇《くちびる》を首筋に動かしてキスをすると、ふわふわに柔《やわ》らかい降ったばかりの雪みたいで、そのすぐ下にある血管がトクンと動いたのが分かる。

紗良《さら》さんの首。良い匂《にお》いがしてクラクラしてくる。もっと触《ふ》れたい。

触《ふ》れてるのか、触《ふ》れていないのか分からないくらい、紗良《さら》さんの首は柔《やわ》らかい。

再び唇《くちびる》をつけた瞬間《しゅんかん》に部屋の中に着信音が響《ひび》いた。その音に紗良《さら》さんの身体《からだ》がビクン！とする。俺はキスをやめて紗良《さら》さんの身体《からだ》の上に乗っかった。……やべー……。すげー夢中になっていた。

机の上で紗良《さら》さんのスマホがブブ……と移動して着信音が鳴っている。

紗良《さら》さんは下になった状態で俺にキスをして、

「……こうしてるのすごく気持ちがいい」

「いやもう、俺も……ごめん夢中になって」

「ううん。こうしたかったのは私」

こんなこと話している間もずっとスマホには電話がかかってきてて、一度切れたんだけど、また鳴っている。

二度も三度もかけてくるのはきっと緊急事態《きんきゅうじたい》だ。紗良《さら》さんはソファーから立ち上がって電話に出た。

「お母さん？　えっ……家にいるけど、帰って来てない……あっ、ちょっとまって。今玄関《げんかん》で音がしたわ」

紗良《さら》さんはスマホを持ったまま、玄関《げんかん》のほうに向かった。

なんだろう。俺はソファーに座り直し、冷めてしまったけれど紅茶を一口飲んだ。

すんごい喉《のど》が渇《かわ》いてた。美味《おい》しい。

数秒後、玄関《げんかん》のほうでガタガタッと音がして、声が響《ひび》いてきた。

「もうサイテー！　あの男、マジでクソ！」

「友梨奈《ゆりな》、お母さんから電話で匠《たくみ》さんと連絡《れんらく》が取れないって言ってたけど」

「店に来たから追い返した」

そういって友梨奈《ゆりな》さんはリビングの中を歩き、冷蔵庫から水を出して一気に飲んだ。

そしてソファーに座っていた俺に気がついた。

「あ、ごめん。ラブの邪魔《じゃま》したね」

「匠《たくみ》さんが店に来たの？　別れたのに？」

「ね、別れたのにね、また来たのよ平然とフツ——の顔で。It sucks!」

「友梨奈《ゆりな》」

「もう着替《きが》えるから部屋いく！」

大声を上げてリビングから出て行こうとする友梨奈《ゆりな》さんを紗良《さら》さんが追う。

俺は慌《あわ》ててソファーから立ち上がり、友梨奈《ゆりな》さんと視線を合わせる。

友梨奈《ゆりな》さんはしっかりとメイクをしていたけれど、目の周りが赤く、泣いたように見える。

そして俺に視線を合わさない。ものすごく苛立《いらだ》っていて同時に怯《おび》えていて何かあったのだと分かる。夜の街で配達してると、こういう状態の子によく会う。

むしろ誰《だれ》かと話したくて、気がついてほしくて唐揚《からあ》げを頼《たの》んでる子もいるくらいだ。

俺は友梨奈《ゆりな》さんより視線が下になるように小さくなって距離《きょり》を取り、ゆっくりと話すのを意識して口を開く。

「友梨奈《ゆりな》さん、今日も暑かったよね。だから俺もはやく着替《きが》えたいよ」

「……」

「でもひとつだけ聞かせて？　足首を気にしている？　違《ちが》ったらごめんね、勘違《かんちが》いならそれで良《い》いんだ」

「⁉　友梨奈《ゆりな》、怪我《けが》したの？」

「……ちょっと足首グキッってなった」

「話してくれてありがとう。お風呂《ふろ》に入る前に少し見ても良いかな？　紗良《さら》さん、保冷剤《ざい》にタオル巻いてもらっていい？」

「うん！」

「ごめんね、お風呂《ふろ》入る前に足に触《ふ》れて。いやだよね。まず椅子《いす》に座ろうか。ゆっくりでいいよ。気をつけてね」

友梨奈《ゆりな》さんはコクンと頷《うなず》いて椅子《いす》に座った。

足首を見ると若干《じゃっかん》腫《は》れているように見えた。陸上部の時に何度か痛めたから知ってるけど、たぶん捻挫《ねんざ》程度……でも病院にいったほうがいい。とりあえず動かさないようにして冷やす。

俺は紗良《さら》さんから受け取った保冷剤《ざい》タオル付きを足首に巻いて、友梨奈《ゆりな》さんの膝《ひざ》に上着をかけた。紗良《さら》さんは必死に話しかけるが友梨奈《ゆりな》さんはむくれたまま、

「……ほんとあの男……Eat shit and die」

と言った。なるほどク○食って死ね、と……。

友梨奈《ゆりな》⁉　と紗良《さら》さんは叫《さけ》んでいるけど、半分強がりだと思う。

夜の街でも、興奮してる女の子は、自分が酷《ひど》い目にあっても、何もなかったような、平然とした顔をしたり、強い言葉をわざと言って自分を守る。こういう時は自然な会話をするのが一番だ。

「友梨奈《ゆりな》さんのバイト先は、外国のお客さんが多いって聞いてるけど、サッカー見るパブみたいなお店かな？　楽しいよね、みんなでスポーツ見るの」

「……そう。大きなモニターがあって」

俺は大きな毛布を持って来てもらって、友梨奈《ゆりな》さんにかけた。

足首冷やしてるとすごく寒くなるから。友梨奈《ゆりな》さんは話しているうちに落ち着いたのか、ソファーで丸まって眠《ねむ》り始めた。

お母さんも戻《もど》るということで俺は帰ることにした。この状態で部外者の俺が家にいるのはマズい気がする。紗良《さら》さんが玄関《げんかん》まで出てきてくれたが、その表情は暗い。

「……大丈夫《だいじょうぶ》？　やっぱり俺もいた方がいい？」

「ううん。友梨奈《ゆりな》も荒《あ》れてるし、一回お母さんと一緒《いっしょ》にゆっくり話しかけてみる。何かあったら連絡《れんらく》するね」

「おおごとにならないと良《い》いけど」

「ありがとう。最後に慌《あわ》ただしくなっちゃったけど、今日は本当に楽しかった。一緒《いっしょ》にいてくれてありがとう」

玄関《げんかん》で紗良《さら》さんの手を握《にぎ》り、家を出た。

少し歩き始めたら、紗良《さら》さんの家の前にタクシーが停《と》まったのが見えた。お母さんかな。

なんとなく、友梨奈《ゆりな》さんがあまり責められてないと良《い》いなと思ってしまう。

別れた女の子のバイト先に行く男は、どう考えてもヤバいだろ。


「おお……これはかなりの面白インスタ……」

俺はベッドに転がり、スマホ画面を見て呟《つぶや》いた。

紗良《さら》さんの家から帰ってきたけれど落ち着かず、匠《たくみ》さんという人が気になり、名前を調べたら、一番上に出てきたのはインスタだった。そこに上げられている写真がなんというか、陽キャというか、パリピアピールというか、なんというかすごい。

クリスマスにホテルのすげー高そうな部屋でシャンパン飲みながら乾杯《かんぱい》。

年末年始は海外旅行。なぜかゾウと写真を撮《と》っている。一緒《いっしょ》にゾウに乗ってるのは友梨奈《ゆりな》さんだ。何だこの合成みたいな写真。

年明けには着物で神社にお参り。わざわざ袴《はかま》を着ててすごい。そして買い初めは『人生改革』。

う～～ん。俺は性格がひねくれているのか、ここまでされると「俺の人生は充実《じゅうじつ》してるんですよ」と他人にアピールしてるようにしか見えない。

最新の写真は三日前。

俺はその写真を見て手を止めた。

その写真は、友梨奈《ゆりな》さんと食事を取っているもので、ふたりで仲良く焼き肉を食べている。

友梨奈《ゆりな》さんは相当前のタイミングで「別れた」と紗良《さら》さんに告げていた。

だから三日前の写真に友梨奈《ゆりな》さんと一緒《いっしょ》に写ってるのはおかしい。つまりこれは過去の写真ということになる。

別れたことを匠《たくみ》さんは両親に伝えてないから、なんとかよりを戻《もど》そうとしてカフェに来たのだろうか。

友梨奈《ゆりな》さんもインスタのアカウントを持っていて、遡《さかのぼ》ってみたら二週間前くらいまでは匠《たくみ》さんとの写真をアップしてるけど、そこからアップしてない。

たぶんここら辺で別れてるんだよなあ。

そこからの友梨奈《ゆりな》さんの写真は、バイト先でお客さんに囲まれて笑顔《えがお》だったり、サッカー観戦したり、ひとりで銭湯行ったり、楽しそうだ。その全ての写真に匠《たくみ》さんは反応を送ってるけど、友梨奈《ゆりな》さんは全く反応してない……と。

「ちゃんと別れられてないんだなー……」

俺はインスタを見ながら呟《つぶや》いた。

するとと紗良《さら》さんからＬＩＮＥが入った。

『今やっとふたりが落ち着いたの。怪我《けが》はたいしたこと無さそうだけど、お母さんがすごく怒《おこ》ってるの』

俺はそれを読んで身体《からだ》を起こす。娘《むすめ》が怪我《けが》して帰ってきて、心配するなら分かるけれど、怒《おこ》るようなことだろうか。続けて紗良《さら》さんから、

『陽都《あきと》くんが家にいたって言ったら、話を聞かせてくれないかって言うんだけど、大丈夫《だいじょうぶ》かな。私が説明しても興奮して聞いてくれなくて』

俺はすぐに『行くよ、大丈夫《だいじょうぶ》だよ』と答えた。

この状況《じょうきょう》で俺が何か役に立つなら何でもしたい。

友梨奈《ゆりな》さんの泣きはらした目と、慌《あわ》てていた紗良《さら》さんを思い出してスマホを握《にぎ》った。

第10話　私を知って

「辻尾《つじお》くん、ごめんなさいね。わざわざ来てもらって」

「いえ、大丈夫《だいじょうぶ》です。俺も気になっていたので」

「本当にごめんなさいね」

そう言ってお母さんは深くため息をついた。

昨日の夜、あんなことがあり、次の日の夕方、陽都《あきと》くんが家に来てくれた。すごく嬉《うれ》しい。

昨日のお母さんは本当に酷かった。

友梨奈《ゆりな》は陽都《あきと》くんが帰ってから、少し落ち着いて部屋に入った。その直後にお母さんが帰ってきた。そして友梨奈の部屋のドアを叩《たた》き「出てきなさい！」と叫《さけ》んだのだ。

私は慌《あわ》てて「友梨奈《ゆりな》、やっと落ち着いたの。もう少し待ってあげて」と言ったんだけど全然聞かない。そして「ちゃんと話して！　藤間《ふじま》さんに確認《かくにん》しないといけないのよ」とドアの前で叫《さけ》んだのだ。

その言葉の直後にドアが開き、そこには軽蔑《けいべつ》するような目でお母さんを見ている友梨奈《ゆりな》が立っていた。そして「足首が痛いの。ものすごく疲《つか》れた。寝《ね》たい、うるさい！」と叫《さけ》んで再びドアを閉めて閉じこもってしまった。

私は慌《あわ》てて「まずは友梨奈《ゆりな》の心配してよ」と言ったら「片方だけの状況《じょうきょう》で鵜呑《うの》みにするのは

間違《まちが》ってるわ」と言った。

そうかもしれないけど、まずは娘《むすめ》の心配をするものじゃないの？　お母さんじゃないの？

そして私に「辻尾《つじお》くんがいたのなら呼んでくれない？　状況《じょうきょう》がわからないわ」と言い残して、再び事務所に行ってしまったのだ。

もう本当に色々と酷《ひど》すぎる……。

お母さんはお茶を出して、

「それでごめんなさい。ふたりで家にいた時に友梨奈《ゆりな》が帰ってきたのよね？」

質問をはじめたお母さんに陽都《あきと》くんは状況《じょうきょう》を丁寧《ていねい》に説明してくれた。かなり取り乱した雰囲《ふんい》気《き》だったこと、足を地面についていないことが気になったこと。そして、

「何より気になったのが、俺の目を見なかったことです。アルバイトをしている時、たまに怪《け》我《が》をさせられてしまった子に会うんですけど、みんな人の目を見ないんです。たぶんですけど、人と目を合わせると何かされそうで怖《こわ》いんだと思います」

確かにあの夜、友梨奈《ゆりな》は私の顔も、陽都《あきと》くんの顔も見なかった。

私は友梨奈《ゆりな》のいつもと違《ちが》う様子に慌《あわ》ててしまって、冷静に何も見られなかった。……情けない。そして陽都《あきと》くんはスマホを取りだして、

「今日気になって、インスタで分かった友梨奈《ゆりな》さんのバイト先に電話してみたんです」

私は驚《おどろ》いて陽都《あきと》くんを見た。まさかそんなことをしてくれるなんて。

陽都《あきと》くんは音声ファイルを開いて、

「友梨奈《ゆりな》さんが出入りしているお店の店長さんは良《い》い方でした。お客さんの9割が外国の方で、中国台湾《たいわん》、アメリカにフランス……。友梨奈《ゆりな》さんは積極的に英語で話しかけてコミュニケーションを取ろうとしていたようです。俺は当時のことを聞こうと思い、その場にいた何人かと電話で話したんですけど、難しくて分からない言葉ばかりでした。あそこに出入りしている友梨《ゆり》奈《な》さんは本当にすごいなと個人的には思います」

「まあ……そんな色んな国の人が来る店だったの……？　知らなかったわ」

お母さんは眉《まゆ》をひそめた。私はその受け答えがどうしても気になってしまう。

陽都《あきと》くんは友梨奈《ゆりな》のことを褒《ほ》めてくれてるのに、どうして「そんな店」という言い方になるのだろう。陽都《あきと》くんは説明を続ける。

「店長さんとお客さんは現場を見ていました。そして匠《たくみ》さんは何度もお店周辺で確認《かくにん》されていました。昨日は友梨奈《ゆりな》さんがお客さんと腕相撲《うでずもう》の勝負をしていた時に、突然友梨奈《とつぜんゆりな》さんの腕《うで》を摑《つか》んだようです。誤解がないように言うと、海外の方は、よく腕相撲《うでずもう》で勝負を仕掛《しか》けてきます。それで勝ったらおごってくれ……は俺がバイトしてる店でもよくあります。匠《たくみ》さんはそれを知らず、簡単にいうと男性と楽しそうにしている友梨奈《ゆりな》さんに我慢《がまん》ができなかったようですね。その時点で別れていたのにもかかわらず、です。少し高くなっている椅子《いす》から友梨奈《ゆりな》さんを引っ張り下ろして店外に連れて行こうとしたところを、皆《みな》さんが止めたようです。その時の話を皆《みな》さんがしてくれたのを、俺が英語とかに自信がないのもあり、許可を取って録音しました」

「そうなの……腕相撲《うでずもう》……？　私は全然そういうのは分からないわ。普通《ふつう》のお店だとばかり」

「外国の方はよくするイメージがありますね。文化の違《ちが》いだと思いますが。それでこれはシンプルにストーカー事件で、暴行事件なんだと思います」

陽都《あきと》くんはまっすぐにお母さんを見て言った。

お母さんはハッと顔を上げて、

「暴行⁉　……それはちょっと大げさじゃないかしら」

「お母さん！」

「分かった。別れたのよね？　別れたんだけど、別れ話がこじれて、少し手を引っ張っただけよね？　離《はな》れた場所でふたりで話をしたかったのよ。紗良《さら》もそう思うでしょ？」

「お母さん、陽都《あきと》くんの話を聞いて？」

「友梨奈《ゆりな》さんは引っ張られただけではなく、その時に足首を捻挫《ねんざ》、二《に》の腕《うで》あたりに摑《つか》まれた跡《あと》があるのではないかと店長さんが言ってました。もし今日の時点で友梨奈《ゆりな》さんを病院に連れて行って診断《しんだん》書を取った場合、暴行事件ではなく傷害事件になります」

「えっ……」

私は絶句したお母さんを見た。匠《たくみ》さんはお母さんの同業者である藤間《ふじま》さんの息子《むすこ》さんだ。藤間《ふじま》さんは次の市長選に出るために今精力的に活動している。

それを支えているのが顔も品格も良い《い》（と言われている）藤間匠《ふじまたくみ》さんで……。

もし警察に通報するとなると、その影響《えいきょう》は計り知れない。

でも今それを黙《だま》っていたとして、市長選の時に対立候補がこの話を摑《つか》んだら、負けるのは確実だろう。どう考えても匠《たくみ》さんは想像以上に残念な人で、そんな人が市政に関わるのはどうなのかしらと、市民感覚で思ってしまう。

お母さんが黙《だま》ってしまったのを見て陽都《あきと》くんは続ける。

「でも正直、この程度のことで警察は何もしないし、事件になんてなりません。ふたりで話し合って……で終わりです。でも必要なのは警察への相談実績だそうです。それは抑止力《よくし》になる。次に何かあったとき、すぐに動いてもらえるんです。でもこれは一般論《いっぱん》です。それもわりとちゃんと『正しい』話で、俺はやっぱり他人なので、それを言ってるだけです」

「すごく正しいと思うけど」

「友梨奈《ゆりな》！」

朝から一歩も部屋から出てきてなかった友梨奈《ゆりな》が二階から下りてきて話を聞いていたようだ。

そしてお母さんを見て、

「どうしてお母さんに言ってほしかったことを、お姉ちゃんの彼ピが言うんだろ」

「友梨奈《ゆりな》。本当に怪我《けが》してるの？」

「ちょっと待って。今それ言う？　昨日言ってたじゃん、足は間違《まち》いなく痛いよ。確かに腕《うで》も痛い。摑《つか》まれたわ」

「友梨奈《ゆりな》……でもそんなの……そうなの……本当に匠《たくみ》さんなの……匠《たくみ》さんがそんなことすると思えないんだけど」

「じゃあ私が勝手にして、それをお店の人たちも見てたんだ。へえ、そりゃすごいね。マジックじゃん」

「そういうことじゃなくて、まだ飲み込めないって話をしてるの」

お母さんと友梨奈《ゆりな》がヒートアップし始めたタイミングで陽都《あきと》くんは立ち上がった。

「家族で話し合うことだと思うので、俺はここで失礼します。えっと、これは俺が紗良《さら》さんの彼氏《かれし》……だから……ですけど、紗良《さら》さんはどっち側につくのもちょっとしんどいんじゃないかなって思って。お母さんの気持ちも、友梨奈《ゆりな》さんの気持ちも分かる人だし。だから紗良《さら》さんに家族として意見を求めるのは当たり前だと思うんですけど、大切なことを紗良《さら》さんに決めさせるのは、えっと、やめてあげてほしいなと思うんですけど。もちろん家族だと思うんですけど、えっとこれはわりと彼氏《かれし》、として」

「陽都《あきと》くん……」

私はその言葉が嬉《うれ》しくてその場で陽都《あきと》くんに抱《だ》きつきそうになるが、ぐっと押さえてリビングを出た。

陽都《あきと》くんと廊下《ろうか》に出た瞬間《しゅんかん》から、友梨奈《ゆりな》はキレて、お母さんはそれを落ち着かせるように話し始めた。私は手を引いて玄関《げんかん》から出て、すぐに陽都《あきと》くんに抱《だ》きついた。

「……ありがとう」

陽都《あきと》くんは優《やさ》しく私を抱《だ》き寄せて、

「実はさ、バイト先で誰《だれ》の話というわけでもなく、怪我《けが》をさせられた子がいて……って、店長に話してみたら対処方法を全部教えてくれたんだ。俺スマホのメモ帳にすげーメモってきた。俺がこんな完璧《かんぺき》に対処できるはずないじゃん。お店に電話するのも電話も録音も店長のアイデアだよ」

「ううん。私のこと。私のこと、お母さんに話してくれてありがとう。すごくイヤだったの」

「すごく大変そうだったから、何かしたくて。でも実際自分で考えたのあそこだけだよ。結局しどろもどろになっちゃった」

「ううん。あの言葉が一番嬉《うれ》しかった、ありがとう。一緒《いっしょ》に駅まで行きたい！　良《い》いかな」

「良《い》いよ。俺も紗良《さら》さんと歩きたい」

そう言って笑顔《えがお》を見せた。

私はスマホを取りに一瞬《いっしゅん》家の中に入った。チラリと台所をみるとお母さんは大声で電話をしていた。その横に友梨奈《ゆりな》が憮然《ぶぜん》とした態度で座っている。

……ここにはいたくない。

家を出ると陽都《あきと》くんが待っていてくれた。

「大丈夫《だいじょうぶ》？」

「あの感じだと、電話の相手は多田《ただ》さんかな。多田《ただ》さんはね、前の市長さんでお父さんとずっと仲が良かった人で、最近はずっとお母さんと動いてくれてる人なの。あっ、陽都《あきと》くんも一緒《いっしょ》に行ったジャズバーでいつも三味線《しゃみせん》弾《ひ》いてるのよ」

「三味線《しゃみせん》、カッコイイ」

「少しお年を召《め》してるけど、気持ちが良《い》い人なの。力になってくれると良《い》いけど」

と言いながら、お母さん切《き》り替《か》えが早いな……と思ってしまう。

多田《ただ》さん自身は数年前に病気になって治療《ちりょう》のために一線を退いてたんだけど最近娘《むすめ》さんが結《けっ》婚《こん》して、娘婿《むすめむこ》さんができた。その人を議員にしたいみたいだから、打算的な意味も含《ふく》めて、ちゃんと動いてくれると思う。つまりお母さんは、藤間《ふじま》さんの手を離《はな》して、多田《ただ》さんと手を組んで、藤間《ふじま》さん外しに動き始めた。

あんなに藤間《ふじま》さんと仲良くしてたのに……と思ってしまうけど、これは仕事に支障があると一瞬《いっしゅん》で判断したのだろう。

仕事と感情が、上手に折り合わない。こういうの、やっぱり好きじゃない。

だから……私は陽都《あきと》くんの手をクイと引っ張って裏道に連れて行き、グイグイとしがみつく。

「私を間に入れないでほしいって言ってくれて、すごく嬉《うれ》しかった。本当にありがとう。私ね、お母さんに褒《ほ》められたくて、お母さんに認められたくて。だからお母さんの考えること全部分かるの。政治家として正しいこと、間違《まちが》ってること。でも同時に友梨奈《ゆりな》の気持ちも分かるの。そんな風にお母さんに言われたら辛《つら》いこと分かる。だから何も言えなくて……辛《つら》かったの」

「紗良《さら》さん、優《やさ》しいからきっと困ってるだろうなって思って。それも言いたくてきたんだ」

「陽都《あきと》くん、大好き」

私は背伸《せの》びして頰《ほお》にキスをした。

私の気持ちを分かってくれて、先に動いてくれる、絶対味方になってくれる人が近くにいる安心感が嬉《うれ》しくて仕方がない。

「もうね、すっごく好きっていうか、いてくれて嬉《うれ》しい。陽都《あきと》くんが私のこと大切にしてくれてるの、すごく分かる」

「紗良《さら》さんの家のことだから、どこまで介入《かいにゅう》して良いのか分からなくて困ったけど良かった」

私は嬉《うれ》しくなってグイグイとしがみついた。

陽都《あきと》くんは「ちょっとそこの公園でお茶でも飲もうか」と自販機《じはんき》で飲料を買ってベンチに座らせてくれた。

話しながら商店街の奥まで歩いてきたようで、知らない公園だった。

大きな木が何本もあり、見たことがない遊具がたくさんある。小さな子たちが日陰《ひかげ》にある砂場で遊んでいる声がする。

私はお茶を飲み、やっと少し落ち着いて、昨日の夜眠《ねむ》れなくて、ずっと考えていたことを口にした。

「……あのね、聞いてくれる？　すごく、嫌《いや》な私の気持ち。全部知ってる陽都《あきと》くんには聞いてほしいの」

「……うん」

「……私ね。気がついちゃったの。お母さんが大変なの、ざまあみろって思ってる自分に」

「え？」

陽都《あきと》くんはキョトンとして私の方を見た。

私は続ける。

「私、悪い子になりたいってずっと思ってたけど。それは私が悪い子になって、お母さんが苦しめばいいって思ってたのに気がついちゃったの。藤間《ふじま》さんの息子《むすこ》さん……期待されてて人気があって。そんな人がこんなことになってお母さんも巻き込まれて。それを見て『ほらね。そんな簡単に思い通りになんてならないでしょ？』って、どこか思ってる。私の気持ちなんて気がつかないお母さんは、私の本当の顔を知って傷つけばいいって、どこかで思ってたの。それに気がついちゃった」

昨日の夜、ずっと眠《ねむ》れなくて、部屋の電気を落として外を眺《なが》めていた。

ああ、大変なことになった、どうしよう……って思うのに、なぜかお腹《なか》の底のほうから笑いがこみ上げてくる。

そんな自分に戸惑《とまど》い、一晩ずっと考えて分かってしまった。

この感情は「ざまあみろ」なのだ。思い通りに私たち姉妹《しまい》が動くと思った？　形を整えて、準備して、外に良《い》い顔して、それで思い通りになると思った？　ほらね、上手《うま》くなんていかなかった。お母さんが友梨奈《ゆりな》の結婚《けっこん》相手にって、ちゃんと挨拶《あいさつ》しなさいって私に言っていた男は、あんな男だったのよ。それでもお母さんは、まだ私に何か言うつもり？

腹の底から、笑っていた。愉快《ゆかい》で愉快《ゆかい》で仕方がない。

この状況《じょうきょう》を望んでいたのだ。

それに気がついて、嬉《うれ》しくて悲しくて情けなくて、辛《つら》かった。

私こそが悪い子になって、お母さんを悲しませたかった、あまりにも残念な私。

「それに……こんなことしても巻き込まれた周りが不幸になるだけだって知らなかった」

私は横に座る陽都《あきと》くんの手を握《にぎ》った。

「でもすごく清々《すがすが》しいの。私がそれをしなくて良かったと思う。でもきれいにつくられた私をお母さんの日の前で壊《こわ》して見せたかったとも思う」

「紗良《さら》さんはそうして自分も傷つけたかったんだ。良かった。そうならなくて」

「……!!」

陽都《あきと》くんのその言葉に心臓の真ん中が摑《つか》まれたみたいに苦しくなって、頭の後ろから溶《と》け出すように涙《なみだ》が出た。

そう、きっと。私は私を穢《けが》すことで、壊《こわ》すことで、何も分かってくれないお母さんに復讐《ふくしゅう》をしようとしてたんだ。

陽都《あきと》くんは何度も「良かった」と言って私の腰《こし》を引き寄せて、優《やさ》しく抱《だ》き寄せてくれた。

自分が嫌《きら》いで、悲しくて情けなくて、でもそれがちゃんと違《ちが》うルートの、それでも横にあるものだと感じる。

そして隣《となり》にいる陽都《あきと》くんがいなかったら、そっちの道を歩いていたのも分かる。

しがみついて、泣いて、泣いて、やっとその恐怖《きょうふ》が溶《と》けたころ、もう公園は薄暗《うすぐら》くて、誰《だれ》もいなくなっていた。

夕方と夜の境界線で、星が小さく輝《かがや》く公園。私は陽都《あきと》くんの唇《くちびる》にキスをした。

陽都《あきと》くんは優《やさ》しく私を抱《だ》き寄せて、何度も背中を撫《な》でてくれた。

私は涙《なみだ》を拭《ふ》いて、顔をあげた。

「……また陽都《あきと》くんに泣かされた」

「紗良《さら》さんが泣きたいときに、一緒《いっしょ》にいられてよかった」

そういって笑う陽都《あきと》くんを、大切だと思う。ここで胸を張っていたいと真《ま》っ直《す》ぐに思う。

夕方の公園で、私も陽都《あきと》くんもしっとりと汗《あせ》をかいていて、それでもくっ付くと気持ち良くて、何度も立ち止まってキスしながら駅まで送った。

昨日は眠《ねむ》れなかったけど、今は信じられないくらい元気になり、夕飯の買い出しをして家に帰った。友梨奈《ゆりな》は部屋に戻《もど》り、お母さんが台所で仕事していた。私を見て、

「おかえり。辻尾《つじお》くんを送ってきたの？　本当に助かったわ、冷静で良い子ね」

「うん」

「商店街の夏祭りあるでしょ。あのお手伝い、藤間《ふじま》さんから多田《ただ》さんの息子《むすこ》さんにしたわ」

夏休みに駅前の商店街で、夏祭りがある。商店街にある全てのお店が参加する大規模なもので、市議会議員はそれを手伝う。下は千票程度で当選する市議会議員だからこそ、選挙にいく人たちが集まる会で顔を売るのは大切な仕事だ。

有権者は知らない人に投票しない。自分たちのために何かしてくれた人に気持ちや希望を伝え、この町のために働く人たちを選ぶのは当然の心理。

だから地元の祭りは、すべて参加して手伝う必要がある。

ここで手伝うことにより、選挙の時に駅前の空き店舗《てんぽ》を出張事務所として貰《もら》えたり、街頭演説の時に場所を貸してもらえたりする。

何の活動もなしに自分たちの大切な店の前を貸してくれる人などいない。

その手伝いをずっとしてたのは藤間《ふじま》匠《たくみ》さんだったけど、その大切な仕事を多田《ただ》さんの息子《むすこ》さんにシフトすると言っている。

切《き》り替《か》えが早くて驚《おどろ》いてしまう。

お母さんはノートパソコンを叩《たた》きながら、

「ファイルを全部出さなきゃいけないからご飯作れなくて、だから助かったわ」

「ご飯は私が作るし、家にあるファイルは準備しとくよ」

「紗良《さら》……ありがとう……ごめんね……助かるわ……」

お母さんは深くため息をついて、何度も私にお礼を言って頭をさげた。

心の奥に「ざまあみろ」と思っていることに対する罪悪感がある。

お母さんをこうしたのは、私だったかもしれない恐怖《きょうふ》感もある。

きっとこの気持ちは罪滅《つみほろ》ぼしだ。そんなことしなくても良いと分かってるけど、駄目《だめ》ね、これが私。

それにこの前陽都《あきと》くんと商店街に行ったら、すごく楽しかった。

私は悪い子をお腹《なか》の中に抱《かか》えたまま、それを陽都《あきと》くんだけに晒《さら》して、いつも通りの顔であそこにいたい。

第11話　楽しいも、悲しいも、一緒《いっしょ》なら

「あらやだ……この子、他の男の子と付き合ってたわよね」

「えー、でもあの男、全然話を聞いてくれなかったじゃん。こうなる気持ちも分かる～」

「いいえ。まずは向き合うべきよ。そうしないと、結局こじれるでしょう」

紗良《さら》さんがそう言うと画面にコメントが吹《ふ》き出《だ》しで重なってくる。

『まさに感覚が昭和』

『これ画面クリックで吹《ふ》き出《だ》しと文字入るんだ。オケ理解』

『昭和のオッサンがいうとリアリティーがあるね』

『おお、クリックで文字入れられんの楽しいな』

『昭和のオッサンは東京タワーに帰れ』

紗良《さら》さんは吹《ふ》き出《だ》しを見て、

「あらまあ、見て友梨奈《ゆりな》。酷《ひど》い言われよう。それに東京タワーは素晴《すば》らしいのよ。本を読んだことあるんだけどね、技術者の人が言ってたんだけど……」

「それ誰《だれ》も興味なくない？　見て、これはもうキス……あらら～一足飛びに～～～？」

「ちょっと、こんなところでハレンチ、ハレンチだわ！」

『ハレンチって久しぶりに聞いた』

『破廉恥《はれんち》って漢字で出るんだな』

『吹《ふ》き出《だ》し、形変えられねーの？』

『これって本当にヤってんの？　ち◯こ出たらどうなんの？　突然《とつぜん》モザイクかかんの？』

『俺が吹《ふ》き出《だ》しでモザイクになるわ』

『ブラを服の上から外すの草。コイツが童貞《どうてい》なんて嘘《うそ》だろ』

『破廉恥《はれんち》って、恥《はじ》が破れてるんだな』

「それはまさに破廉恥《はれんち》の語源なのよ。廉恥《れんはじ》を破る。廉《れん》ってレンって読むんだけど、いさぎよい……きよいってハワワワワ。あら穂華《ほのか》、あらあら、服の下からブラジャーが生まれたわよ、ハワワワ‼」

『生まれたw　いみわからんw』

『おっさんのハワワワキモくて泣ける、吹《ふ》き出《だ》しで飾《かざ》ってやるよ』

『これ文字揺《ゆ》らせないの？』

『一文字ずつやるしかない』

『肩紐《かたひも》ズラして下からブラ出すのエロすぎる』

紗良《さら》さんが何か言うと、次から次に吹《ふ》き出《だ》しが重なる。

自作のアバターを画面に出したがる人が多いかと思ったら、全然いない。

むしろ吹《ふ》き出《だ》しがアバターの役割を果たしていて、ものすごい量の吹《ふ》き出《だ》しが出てくる。

やってみないと何も分からないんだなあ……。

今日は4BOXの先週の動画を流し、それを視聴《しちょう》しながらアバターを出せる番組を録画している。4BOXは毎週日曜日の22時から番組を配信してるんだけど、その前の21時からは前回の再放送を流していた。

再放送ということもあり、コメントは全く入らない状態だったので安城《あんじょう》さんが「まずはここで流すの作ろうぜ」と俺たちを呼んだ。

今日はリアルタイムではなく、事前に『こういうことをしますよ』と告知して、応募《おうぼ》してきてくれた人たちが参加している。

新しいことをする時はトラフィック？　どれくらい負荷《ふか》がかかるか見ながら進めるものらしい。事前に番組内容は説明してあり、作ったアバターを出せると告知したのに誰《だれ》もアバターを出さず、画面は吹《ふ》き出《だ》しで埋《う》まっている。確かにアバターって別の画面で作らなきゃいけないし、それをわざわざしてまでコメントしないのか。

中園《なかぞの》が4BOXの録画を見て、ブラについて口を出す。

「これ PEACH JOHN の新作じゃん。可愛《かわい》いよな、この色」

そう言うと吹《ふ》き出《だ》しが中園《なかぞの》にペタペタとくっ付き始める。

『中園《なかぞの》くんブラ詳《くわ》しいの推《お》せる』

『私が可愛《かわい》いブラつけてたら褒《ほ》めてくれる？　見てほしい～～！』

『女の人気取りする中園《なかぞの》に価値などない。お前はゲームしろよ!!』

『下着なんてただの布、存在に価値など、ありすぎるペロペロ』

『ちょっと汚《きたな》い吹《ふ》き出《だ》しで中園《なかぞの》くんの顔隠《かく》さないで!!』

中園《なかぞの》は画面を見ながら、

「いや、新作つけて来てるってことは、最初から外させるつもりだったんだろ、ユメちゃん」

横にいた穂華《ほのか》さんは頷《うなず》きながら、

「あ～～なるほど～～～。でもまさか画面に出てくると思って無くないです？」

「でもPEACH JOHNの新作だからな～。あ～服の中に手を突《つ》っ込んで揉《も》むのエロ」

『分かるに五兆点』

『中園《なかぞの》くん、手見せて！　中園《なかぞの》くんの手大きくてエッチだと思う』

「これ？」

『きゃあああああ！！！』

「じゃあケモノの胸でも揉《も》んどく？」

そう言われた平手《ひらて》扮《ふん》する兎獣人《うさぎじゆうじん》は冷静に、

「中園《なかぞの》くん、ケモノにもプライベートゾーンがあるからね」

「え？　そうなん？　それは悪かった」

『ちゃんと謝る好感度抜群《ばつぐん》、その火炎《かえん》放射器で今すぐ抱《だ》いて（45歳男独身童貞《どうてい》）』

『ケモケモ可愛《かわい》すぎる』

『45歳男独身童貞《どうてい》……俺じゃ……駄目《だめ》か……？』

『戸惑《とまど》いが隠《かく》せないが興奮も隠《かく》せない俺』

ケモノ！　抱《だ》いて！　と書かれた吹《ふ》き出《だ》しで画面が埋《う》め尽《つ》くされる。文章のようなコメントも多いけど「あ」「テスト」「なるほど」「ウホウホ」など一言吹《ふ》き出《だ》しも多く、画面が何も見えない。吹《ふ》き出《だ》しの隙間《すきま》に中園《なかぞの》の顔が浮《う》いている。むしろ吹《ふ》き出《だ》しアートみたいになってきた。

なんだこのカオス空間は……。

俺の横でスタッフさんたちが「これ、予想より重いな」「吹《ふ》き出《だ》しが多すぎる」「コメントの文字サイズ下げる？」「うわ、モーキャプのデータが重い……！」「解像度もういっこ下げる？」「そういう次元？」とリアルタイムで対処していく。

やがて画面に新しい吹《ふ》き出《だ》しが入れられなくなり、一瞬《いっしゅん》ですべての吹《ふ》き出《だ》しが消えてしまった。スタッフの人たちが「ぎゃあああ！」と叫《さけ》び、スタジオにたくさんの応援《おうえん》が集まってくる。

録画だから良《い》いけど、リアルタイムだったら完全に放送事故だ。それを見て安城《あんじょう》さんが爆《ばく》笑《しょう》する。

「あははは！　想像以上にすごいことになったな。テストして良かった」

「吹《ふ》き出《だ》しが人気ですね」

「アバター準備したのに誰《だれ》も使ってない。いや、やってみないと分からないものだな」

一回録画を止めて、システムの再起動が始まった。

安城《あんじょう》さんはあれこれ考えながら話し合っているスタッフさんを見ながら、

「いやー。いつも再放送なんて誰《だれ》もコメント入れないのに、このシステムなら入るんだな」

俺は横で見ながら、

「まさか落ちるとは思いませんでした」

「新しいことしてるんだから仕方ない。最初から完璧《かんぺき》なんて無理なんだよ。うちの会社も無駄《むだ》にデカくなって失敗が許されないみたいな空気になってるのが俺気に食わなくて。バリバリ失敗して、何度でもやればいいんだよ。良《い》い経験だ」

そう言って安城《あんじょう》さんは笑った。

会議の時にシステムを考える偉《えら》い人？の加藤《かとう》さんが言っていた。

安城《あんじょう》さんはどうやら「高校生スペシャルなんで！」という体で、好き勝手しているようだ。

でも加藤《かとう》さんは「色々できて楽しいです。失敗しても安城《あんじょう》さんが怒《おこ》られてくれるんで、気楽だし」と言っていた。

安城《あんじょう》さんは俺にも「たかが高校生」と言った。ちくしょうと思う気持ちと共に、ものすごく楽になったんだ。

企画《きかく》を出して二週間で、テストを始めるなんて加藤《かとう》さん曰《いわ》く「マジでありえない」らしいんだけど「所詮《しょせん》WEBテレビだから」と安城《あんじょう》さんはカオスすぎる画面を見て笑っている。

高校生である俺のことも利用して、会社でしたいこととして、データ取って……すげーカッコイイなあと思った。

そして何度か再起動して、テストを重ねて、何とか一時間分の録画を作った。

すぐに加藤《かとう》さんが駆《か》けつけてきて、

「辻尾《つじお》くん。駄目《だめ》だ。あそこまで負荷《ふか》がかかる画面で、クジなんて引かせられないよ。絶対落ちる、番組も止まる」

「加藤《かとう》〜〜。そんなビビってないで、放送落とす覚悟《かくご》でやろうぜ」

「安城《あんじょう》さん、まずは吹《ふ》き出《だ》しを成立させませんか。いつも4BOX本放送で入るコメントは一万なんですけど、今回再放送なのに二万弱の吹《ふ》き出《だ》しが画面に入ったんですよ。吹《ふ》き出《だ》し、需要《じゅよう》あります」

「クジもやろうぜ。上手《うま》く行ったら、ボーナスもんだ」

「それは分かってるんですけど！」

「とりあえず、お盆《ぼん》あたりで同時視聴《しちょう》したいんだよ。それまで何度かテストしようぜ」

そう言って安城《あんじょう》さんは笑顔《えがお》を見せた。

加藤《かとう》さんは俺のほうをギュリンと振《ふ》り向《む》いて見て「負荷《ふか》減らす打ち合わせしよう」と目を光らせた。

結局テストで分かったのは、アバターを作ってまで番組に来る人はいないこと。

吹《ふ》き出《だ》しの色を変えたり、吹《ふ》き出《だ》し自体にバッジを付けたりしたい人はわりといること。

だから吹《ふ》き出《だ》しの透明度《とうめい》やフォントの自由度を上げて、そこには課金させず、人を増やす。

吹《ふ》き出《だ》しの位置にはこだわりがあり、中園《なかぞの》のファンはみんな中園《なかぞの》の近くに吹《ふ》き出《だ》しを出して、それをスクショしてSNSにアップしているから、番組内で配布するバッジを吹《ふ》き出《だ》しに付けられることなどが決まった。すべて加味して、またテストすることになった。


打ち合わせを終えてスタジオに戻《もど》ると、穂華《ほのか》さんがムクれていた。

「もうヤダ。私、人間の姿で画面に出るのいやです。紗良《さら》っちのほうが全然人気ありました」

紗良《さら》さんは録画された番組を見ながら目を細めて、

「正直かなり楽しかったわ。私の周りに出てくるコメントすごいわね。平手《ひらて》くん、画面上好きに動いて楽しそう」

「画面を好きに移動するの、楽しかったよ。画面に住み着くケモノって感じでさ」

「平手《ひらて》好き勝手動いて、マジ楽しそうだった。俺もケモノになりて～」

「中園先輩《なかぞのせんぱい》は駄目《だめ》ですよ、顔で売ってるから。ほら見て下さいよ、中園先輩《なかぞのせんぱい》の周りに吹《ふ》き出《だ》しがありすぎて、横にいる私が消されてます。私足しか見えてない、もうやだ私人間捨てます！」

そう穂華《ほのか》さんは叫《さけ》んだ。

確かに画面を好きに移動できるモーションキャプチャーのキャラクターと、好きに動けない

人間では自由度も違《ちが》う。あとキャラクターで発言するのと、人間が発言するのでは重みも違《ちが》う。

中園《なかぞの》みたいに本人が人気を博してる場合以外は、キャラクターのほうが自由にできそうだ。

来週の放送で穂華《ほのか》さんは、耳と足しかない四角いゆるキャラになることを決めた。

それならデータ量も少なく、すぐに作れるというデザイン側の判断だった。

なにより人をひとり画面に配置するより、そっちのが画面の情報量も減るらしい。

ついに画面には中園《なかぞの》がひとり座ってるだけ。昭和のオッサンと、ウサギのケモノと、ゆるキャラが画面を好きに移動する。

カオス極《きわ》まってきたけど、安城《あんじょう》さん曰《いわ》く「他の番組にも吹《ふ》き出《だ》し入れたいって要望が来てる」らしい。

好評で良かった!

「紗良《さら》さん、全然しゃべらないかと思ったら、すげー余裕《よゆう》があったね」

「自分が画面に出てないと思うと気楽なの。陽都《あきと》くん、あれ、面白《おもしろ》いわ」

「良かった」

俺は紗良《さら》さんの手を握《にぎ》った。

紗良《さら》さんと一緒《いっしょ》に漫画喫茶《まんがきっさ》に行ってドラマを見てから思いついた企画《きかく》だったけど、紗良《さら》さんは穂華《ほのか》さんみたいに画面に出たことなんてない。だからこんな風に引っ張りだして大丈夫《だいじょうぶ》かなと心配したけど、楽しそうに画面で話していて意外だった。

「私が何か言うとすぐに反応が返ってくるの。それが大きなモニターに見えるから、楽しくてお話したくなるわ」

「吹《ふ》き出《だ》しのコメント量すごいよね。俺も驚《おどろ》いた。あんなに入ってくると思わなかったんだ」

「もっと悪口が書かれると思ったけど、来ないのね」

「意外だよ。あ、本当に酷《ひど》いコメントは自動的に書き込めなくなってるみたいだけど」

「そうなんだ。でもこれ楽しいわ。4BOXもはじめて見たけど、面白いー。あんな人前で……ブラジャーなんて……」

そう言って静かに左右に首をふった。俺は笑って紗良《さら》さんの手を握《にぎ》り、

「さすがにブラ……を、取ったりなんてしないけどさ。俺も家に行った時は紗良《さら》さんのことしか考えられなくて……。好きな人には触《さわ》りたい、と思うよ」

「え……私たちもはたから見たらあんなにエッチなのかな」

「……たぶん？」

「えー……そっかあ……でも私も陽都《あきと》くんといたら、陽都《あきと》くんしか見えないなあ……そういうことかなあ」

「エッチかなあ」と言って俺の腕《うで》にしがみ付く姿が可愛《かわい》くて腰《こし》を引き寄せて、キスをした。紗《さ》良《ら》さんは胸元《むなもと》にグイグイと入ってきて、頬《ほお》にキスを返して、

「大人と仕事してる陽都《あきと》くん、すっごくカッコイイって思ってた。あれが私の彼氏《かれし》なのって、すっごく思ってたのよ」

「……ヤバい。企画《きかく》の成功より嬉《うれ》しい」

紗良《さら》さんは一度「んしょ」と小さくなり、今度はもう一度「んしょー！」と言って背伸《せの》びをして反対側の頬《ほお》にもキスをして唇《くちびる》を尖《とが》らせて、

「もう陽都《あきと》くんが外でカッコイイの、あんまり見せたくないなあ。スタッフの人も女性が多いでしょ。なんか陽都《あきと》くん私のってすごく思う」

「あああ……紗良《さら》さん可愛《かわい》い……俺の紗良《さら》さんが世界で一番可愛《かわい》い……」

俺は身体《からだ》を包み込んで抱《だ》き寄せて振《ふ》り回《まわ》した。

「きゃああ！　もう分かったから！　帰ろう？　あー楽しかった」

紗良《さら》さんはケラケラと声を上げて笑い、俺の胸元《むなもと》にグイと入り込んでしがみ付き、

「なんでこんなに楽しいんだろうって今考えてたんだけどね。私、子どもの頃《ころ》から誰《だれ》かと同じ番組を見て、それについて話すって経験がなくて」

「ずっと塾《じゅく》とか、習い事してたんだよね」

「そう。そういう生活してるとね、みんなが話してることが、何一つ分からないの。テレビで流行《はや》ってるギャグとか、CMとか、みんな真似《まね》するでしょ。でも私は何も分からなかった。ただ曖昧《あいまい》に微笑《ほほえ》んで見てるだけ」

そういって風で乱れた髪《かみ》の毛《け》を耳にかけた。そして俺のほうを見て笑顔《えがお》になり、

「だから、今4BOXみんなで見て、わいわい楽しくできるの、すごく楽しいの。あの頃《ころ》できなかったことが、今できてすごく楽しい」

「……良かった」

「陽都《あきと》くんと一緒《いっしょ》だから、もっともっと楽しいの。同じ気持ちを共有して話せるのって幸せ」

そう言ってスカートを揺《ゆ》らして微笑《ほほえ》んだ。

俺は高校で紗良《さら》さんに出会ったから、子どもの頃《ころ》のことはこうして聞くだけで何も知らない。

でも今一緒にいることで紗良《さら》さんの気持ちが楽になるなら、それは嬉《うれ》しい。

俺たちが手を繋《つな》いで駅に向かって歩き始めると、カバンの中で紗良《さら》さんのスマホが鳴った。

「はい。今終わったら帰るけど……資料は机の上よ。ファイルにまとめておいたわ」

そう言って電話を切った。資料は机の上……紗良《さら》さんはお母さんの仕事を手伝っているのだろうか。紗良《さら》さんはあの家での話し合いの後「むしろ気持ちが落ち着いたの。すごく気楽」と言っていたので安心していたけれど……。俺は手を握《にぎ》り、

「家はどう？　何か困ってない？」

「私は全然大丈夫《だいじょうぶ》なんだけどね。匠《たくみ》さん……大学が忙《いそが》しくなったから……って急に全ての仕事に来なくなってね」

「え？　立場が悪くなってきたから、仕事全部投げ出して、逃《に》げだしたってこと⁉」

「本当に大学が忙《いそが》しいのかも知れないし、よく分からないの。お母さんもあの夜のこと、色々動いてたんだけど、結局匠《たくみ》さんが全く仕事に来なくなって、うやむやにされそう。でもねー……お母さんはうやむやにしたいんじゃないかな。それを察した友梨奈《ゆりな》がすごく怒《おこ》ってる」

「そっか……」

お互《たが》いの立場もあるし、時間が経《た》って事実確認《かくにん》が難しいのに声を大にすると問題になる。

紗良《さら》さんはため息をついて、

「駅前でね、毎年夏祭りがあって、そこをお手伝いするのは匠《たくみ》さんの仕事だったの。でも突然《とつぜん》新しい人に頼《たの》むことになって大変みたいで。だから私お手伝いすることにしたの」

「え、紗良《さら》さん、そういうことしたくないって言ってたのに」

俺がそう言うと紗良《さら》さんは静かに左右に首を振《ふ》って、

「こんなこと言ったら呆《あき》れられちゃうけど、陽都《あきと》くんには素直《すなお》に言わせて？　私もお母さんが不幸になることを祈《いの》ってたから、ちょっと悪いなあって思ってるの。罪滅《つみほろ》ぼしなのかなあ。バカだって分かってる。でも何かしないと心のバランスが取れなくて」

そんなことする必要ないと喉《のど》まで言葉が出かけたけど、紗良《さら》さんはそういう子だ。

真面目で優《やさ》しくて、心に寄《よ》り添《そ》えるからこそ、全部背負《せお》い込む。

そんな紗良《さら》さんだから好きになったんだ。

俺は頬《ほお》にキスをして、

「じゃあ夏祭りの準備、俺も手伝う。俺も楠木《くすのき》さんのこと、すげーカッコイイと思ったし」

「本当に？　嬉《うれ》しいな。一緒《いっしょ》にできたらすごく嬉《うれ》しい。良《い》いの？　わあ、嬉《うれ》しい！」

そう言って紗良《さら》さんは俺の背中にしがみ付いて、ぴょんぴょんと飛び、次は前に回ってグイグイと抱《だ》きついてきた。

紗良《さら》さんが罪を償《つぐな》うのなら、俺も一緒《いっしょ》に。

だって俺が一緒《いっしょ》なら、それは罰《ばつ》にならない。

一緒《いっしょ》にする「楽しいこと」に、俺がすれば良いんだ。

第12話　嘘《うそ》と真実の狭間《はざま》で

家に帰ってくると、玄関《げんかん》に靴《くつ》が散乱していた。

……すごく珍《めずら》しい。

お母さんは玄関《げんかん》のマナーに厳しくて、靴《くつ》を揃《そろ》えないと家の中に入るのを許さない人だ。

私は転がっていた靴《くつ》を揃《そろ》えて家に入った。

「ただいま、お母さん、どうしたの？　何かあったの？」

「紗良《さら》おかえり。あのね、今から三重に行くわ。今日藤間《ふじま》議員のお誕生日会だったんだけど、松島《まつしま》建設の松島《まつしま》さんがいらしてなかったの」

え？　お誕生日会……？　突然《とつぜん》何の話だろう。お誕生日会に松島《まつしま》さんが来ていなくて、なぜお母さんがこんな時間から三重に行かなきゃ行けないのか分からない。

私が不思議そうにしているとお母さんは荷物をどんどんカバンに投げ込み、

「議員の誕生日会は『支援《しえん》の意思を確認《かくにん》する会』なのよ。花輪があるか、出席しているか、それで今年の支援《しえん》が決まるの」

「そうなの？」

「松島《まつしま》さんは毎年一番大きな花輪を出して出席もしてたのに、今年は花輪もないし、本人もいない。そしたらさっき多田《ただ》さんから電話があって、松島《まつしま》さんいま四日市で多田《ただ》さんと会ってるっていうの。今から来られるかっていうから、もう行くしかないわ」

お母さんがスーツを摑《つか》んだので衣類カバーを取り出して渡《わた》した。

家の前にタクシーが到着《とうちゃく》した音がして、お母さんはスマホを摑《つか》んだ。

そして落ちかけたメイクもそのままに、まっすぐに私を見て、

「藤間《ふじま》さんは市長候補から下ろされる。明日の商店街の打ち合わせ、たぶん多田《ただ》議員の娘《むすめ》さんの旦那《だんな》がくるから、よろしくね！」

「分かったわ、いってらっしゃい」

お母さんはタクシーに飛び乗って消えていった。

松島《まつしま》さんは地元の大地主さんで、駅前の多くの土地を持っている人だ。お父さんとも繫《つな》がりが深く、私も何度かお会いしたことがある。会社もたくさん持っていて、その中の松島《まつしま》建設は駅前の再開発を全て請《う》け負《お》っている。この前お母さんに連れられて行った清掃奉仕《せいそうほうし》をしたお寺も松島《まつしま》さんの持ち物だ。この町で何かをしたいと思ったらすべて松島《まつしま》さんに繫《つな》がる……そういう人で、松島《まつしま》さんに切られてしまうと、もう市長選を戦うのはほぼ不可能だと思う。権力者の人のさじ加減ひとつで人生が変わるように感じて、そんな政治の世界が、やっぱり私はどう考えても好きじゃない。

「はじめまして。多田康彦《ただやすひこ》です。先日は夏祭りの資料をありがとうございました」

「はじめまして、吉野紗良《よしのさら》です。お役に立ってよかったです」

次の日。夏祭りの打ち合わせに行くと、多田《ただ》さんの娘《むすめ》さんの旦那《だんな》さんが来ていた。

多田《ただ》さんの娘《むすめ》さんは政治に興味がなく、娘婿《むすめむこ》さんが後を継《つ》ぐとは聞いていたけど、好青年で、商店街のおばさまたちに挨拶《あいさつ》をして回っている。

商店街のおばさまたちは選挙の時に大きな戦力になる。口コミは大切だし、お店の前にポスターを張らせてくれたりする。だから気に入ってもらうのは大切な仕事だ。

ここはずっと藤間匠《ふじまたくみ》さんのポジションで、入り込むことができなかったけどチャンス到来《とうらい》なのだろう、力仕事も精力的にこなしていた。

新人さんが頑張《がんば》ってるなら、私は何もしないほうが良さそう。

スマホが揺《ゆ》れて、陽都《あきと》くんが駅に来たのを知らせた。私は慌《あわ》てて駅前に向かう。

改札を出た所に、GパンにTシャツ姿の陽都《あきと》くんが立っていた。

「お手伝いっていうから汚《よご》れても良い服で来たんだけど、大丈夫《だいじょうぶ》かな」

「来てくれて嬉《うれ》しい。問題ないと思う。行こう?」

私が夏祭りのお手伝いをすると言ったら、こうして来てくれるの、すごく嬉《うれ》しい。

妙《みょう》な罪悪感からお手伝いを決めたけど、陽都《あきと》くんと一緒《いっしょ》なら楽しいことに変わった。手を繋《つな》いで、前は紹介《しょうかい》しただけだった銭湯に向かった。

夏祭りは駅前のお店がすべて参加する大規模なもので、銭湯も本屋さんもマッサージ店も、みんな何かの形で参加する。

小学生の時は、毎日習い事をしていて友だちと外で遊ぶことはほとんど無かった。この夏祭りも塾《じゅく》の帰りに「楽しそう」と思いながら横を通り過ぎただけだ。広場からお母さんの挨拶《あいさつ》が聞こえて、嫌《いや》な気持ちになって逃《に》げ出《だ》したこともある。

中学生になると、お手伝いに駆り出されるようになり、仕事を手伝わされる場所……それが商店街で、ひとりで行くことは無かった。でも陽都《あきと》くんと一緒《いっしょ》にいるようになり、気負いすぎている自分に気がつき、一番行き慣れていたジャズバーから顔を出すようになっていた。

この銭湯は大きなお風呂《ふろ》と高い天井《てんじょう》が気持ち良くて、大好きな店だ。

顔を出すと、中からおばあちゃんが顔を出した。

「あら、紗良《さら》ちゃん。夏祭りのお手伝いに来てくれたの。会えて嬉《うれ》しいわ」

「おはようございます」

私が挨拶《あいさつ》すると、横に陽都《あきと》くんも立って挨拶《あいさつ》した。

おばあちゃんは目をキラキラさせて、

「やだ、楠木《くすのき》ちゃんに聞いて、なんでウチに来てくれないのって思ってたけどっ！　これが噂《うわさ》の彼氏《かれし》くん？」

「はじめまして、辻尾《つじお》陽都《あきと》です」

「好青年。やだ――！　はじめまして銭湯してる市川《いちかわ》です。紗良《さら》ちゃんがこーんな小さい時から知ってるの」

　と膝《ひざ》を折って小さくなり、太ももくらいで手を揺《ゆ》らした。

　そんな小さい頃《ころ》から来ていた覚えはないけど、この商店街はお父さんが産まれ育った町で、私はこの町の病院で生まれたから、本当にそうかも知れない。陽都《あきと》くんは、目を綻《ほころ》ばせて、

「幼稚園《ようちえん》より、もっと前からですか？」

「そう！　勇二《ゆうじ》くん赤ちゃんの紗良《さら》ちゃん抱っこして商店街練り歩いてたんだから」

「えっ……そんなの知りませんでした」

「その時に撮《と》った写真があるのよ。ちょっと待っててね」

　そう言っておばあちゃんは銭湯の隣《となり》の自宅に行き、アルバムを抱《かか》えて戻《もど》ってきて見せてくれた。開くと、若い頃《ころ》のお父さんが赤ちゃんを抱《だ》っこして、銭湯の前で笑顔《えがお》を見せている写真があった。

「ほら。紗良《さら》ちゃん。もう勇二《ゆうじ》くん、にっこにこよ」

「!!　お父さんが若い」

「そりゃ昔から老《ふ》けてないさ〜。この紗良《さら》ちゃんが、彼氏《かれし》さん連れて。あ――、勇二《ゆうじ》くんがいたら喜んだだろうね。……いや、泣いたかな？　バーでやけ酒しそうよ」

「え、どうしてですか？」

「勇二《ゆうじ》くんは紗良《さら》ちゃんをめちゃくちゃ可愛《かわい》がってたからね。もう毎日手を繋《つな》いで商店街練り歩いてたから。幼稚園《ようちえん》の送《おく》り迎《むか》えも全部勇二《ゆうじ》くんがしてたでしょ。仕事サボって」

そう言っておばあちゃんは笑った。

何度もこの銭湯には来てたのに、こんな話を聞いたのははじめてだった。

きっと陽都《あきと》くんが一緒《いっしょ》だからアルバムも見せてくれたんだ。陽都《あきと》くんは嬉《うれ》しそうに話を聞いてくれた。大好きな人が、私の大好きな人たちと一緒《いっしょ》にいてくれるの、すごく嬉《うれ》しい。

おばあちゃんは立ち上がり、

「さて、陽都《あきと》くんも一緒《いっしょ》に、準備を始めようかね」

「邪魔《じゃま》にならないように頑張《がんば》ります」

「若い子が手伝ってくれると夏祭りも盛り上がるし、良《い》いよ。陽都《あきと》くんは銭湯好き？」

「あ……すいません、実は俺、最寄《もよ》りに銭湯なくて、銭湯に入ったこと自体はじめてなんです」

「なんと！　はじめてになれて嬉《うれ》しいわ。ほらほら、こっちが男湯。こっちが女湯。あらあら、嬉《うれ》しいねえ」

おばあちゃんは「嬉《うれ》しい」を連呼しながら陽都《あきと》くんを銭湯の中に連れて行った。

陽都《あきと》くんはパンツの裾《すそ》を巻き上げて、渡《わた》されたデッキブラシで掃除《そうじ》を始めた。

私が知っている場所に陽都《あきと》くんがいるの、やっぱりくすぐったくて、でも楽しい。

おばあちゃんが私の横にきて、

「ええ子やん〜。楠木《くすのき》ちゃんが『紗良《さら》ちゃんの彼氏《かれし》に会った』っていうから、うぎぎぎ羨《うらや》ましいわあって思ってたのよお」

「私が夏祭りのお手伝いするって言ったら、来てくれたんです」

「友梨奈《ゆりな》ちゃんの彼氏《かれし》の匠《たくみ》さんも良《い》い人だけど、夏祭りのお手伝い来《こ》れないって？」

「あ……はい。そうなんです。色々とお忙《いそが》しいみたいで」

私はそう答えておくことにした。

実際、松島《まつしま》さんが切ったからなのか、友梨奈《ゆりな》と別れたからなのか、理由が分からないから余計なことをいうのはやめておく。おばあちゃんは掃除《そうじ》をしながら、

「まあ良《い》いよ。だって紗良《さら》ちゃんの彼氏《かれし》が来てくれたんだもん。嬉《うれ》しいわ。それで今年は足湯をしようかなと思ってるの」

「いいですね、足湯。大好きです！」

「陽都《あきと》くんのように銭湯来たことがない子が、もっと来てくれたらと思うんだけど、やっぱり敷居《しきい》が高いみたいだから」

「家にお風呂《ふろ》がある人がほとんどだから、やっぱり理由がないと来にくいですよね、だから足湯すごく良《い》いと思います」

商店街の夏祭りは、色々なお店がアイデアを出して、その日だけ可能なことをする。

それはお店のアピールにもなって大切なことなんだけど、銭湯で今日だけできる足湯はすごく良《い》いアイデアだと思う。おばあちゃんは目を輝《かがや》かせて、

「せや、陽都《あきと》くんにどうしたら銭湯に来たくなるか聞いてみようか」

そう言ってデッキブラシで掃除《そうじ》をしていた陽都《あきと》くんに近ついた。

陽都《あきと》くんは掃除《そうじ》をしながら、

「あのさっきから気になってたんですけど、この電気風呂《ぶろ》って……俺、YouTubeで見たことあるけど入ったことなくて。こういう楽しそうなの気になります」

「じゃあちょっと待って、お湯貯《た》めて体験させてあげるよ」

「今からですか⁉　心の準備ができてないです。YouTuberさんたち、叫《さけ》んでましたけど」

「大丈夫《だいじょうぶ》よ。私は大好きで、毎日入ってるよ。これに入らないと肩《かた》こりが酷《ひど》くなるのよ」

「接骨院とかで電気浴びたりしますよね、あんな感じですかね」

おばあちゃんは手早く電気風呂《ぶろ》にお湯を貯《た》めて準備をしてくれた。

陽都《あきと》くんはその間ずっとデッキブラシで掃除《そうじ》しながら「はじめて銭湯に来て入るのが電気風呂《ぶろ》って……紗良《さら》さん大丈夫《だいじょうぶ》かな、俺」と言っていて楽しすぎる。紗良《さら》さんは「いつも入るの？」と聞かれて無言でふるふると首をふった。電気風呂《ぶろ》、なんか怖《こわ》いの。

そう答えると「紗良《さら》さんがいつも入らないのに俺が⁉　えーっ！」と陽都《あきと》くんは叫《さけ》んでいた。

電気風呂《ぶろ》はあまり大きくなくて、人がひとり入れるサイズしかない。

おばあちゃんはお湯をためて、電気風呂《ぶろ》の注意表記を見せた。

「大丈夫《だいじょうぶ》？　ここら辺りの病気とかない？」

「心臓病、高血圧、動脈硬化《こうか》……ないです。ないですけど、注意表記があるお風呂《ふろ》なんて、すっごく怖《こわ》いんですけど」

「大丈夫《だいじょうぶ》よ。ただの風呂《ふろ》だから。でも指先とかは痛く感じるかもね。はじめてならお尻《しり》が一番良《い》いけど、濡《ぬ》れられないから、肘《ひじ》から入れたら？」

「えーっ、大丈夫《だいじょうぶ》ですか、えーっ……。でもまあお風呂《ふろ》だし……」

そう言って陽都《あきと》くんは肘《ひじ》を電気風呂《ぶろ》に入れて、すぐにひっくり返って尻餅《しりもち》をついた。

「⁉　痛っ！　えっ、結構な刺激《しげき》ですよ、これ」

それを見ておばあちゃんがケラケラと笑う。

私は陽都《あきと》くんの横に膝《ひざ》をついて座り、

「え。本当に？　私も触《さわ》る」

とお湯の中に指先を入れた。

するとピリリリッとした刺激《しげき》がすごくて、すぐに指先を引《ひ》っこ抜《ぬ》いた。

「すごい。これ、すごいね」

「紗良《さら》さん。これすごいよ。ヤバい、今なら頭から雷《かみなり》出そう。よく分からないけど。ちょっと待って。でもこれ手全体を入れたらさ……あっ、これ一部だけ入れるから痛いんだ。全部入れたらそんなに痛くない。あれ、気持ちが良い《い》？　紗良《さら》さんも腕《うで》全部入れてみたら？」

「え――っ、本当に？　本当に平気？」

言われて指先だけじゃなくて腕《うで》全体を入れてみたら、さっきより刺激《しげき》を感じなくて、少し気持ち良かった。おばあちゃんは「実は強さを調整できるのよ」と強さを変えてくれたりして、陽都《あきと》くんは大騒《おおさわ》ぎしながらそれをスマホで撮影《さつえい》した。

あまりに楽しくて足を入れたりして遊んでいるうちに、私は上半身が、陽都《あきと》くんは上半身も下半身も濡《ぬ》れてしまった。

おばちゃんは笑いながら銭湯で働いている人が着ている作務衣《さむえ》を貸してくれた。

上は浴衣《ゆかた》みたいな形状で、下は半ズボン。軽くて着心地《きごこち》が良くて涼《すず》しい！

私がそれを来て銭湯に戻《もど》ってきたら、陽都《あきと》くんが私を見て目を輝《かがや》かせて、

「……すげー可愛《かわい》い。やべぇ、なんかラフな感じがすげーいい」

「陽都《あきと》くんもなんか、修行《しゅぎょう》してる人みたいでカッコイイ！」

「これならパンツ上げなくても作業できるわ」

と頭に温泉タオルを巻いて、デッキブラシを持ち掃除《そうじ》を再開した。

濡《ぬ》れた服はおばあちゃんが横にあるコインランドリーで洗濯《せんたく》して、外に干してくれた。

夏の日差しで私の服と、陽都《あきと》くんの服が照らされて、気持ち良さそうに揺《ゆ》れている。

「紗良《さら》ちゃんと陽都《あきと》くんがいると聞いて〜？」

そう言って入ってきたのは、ジャズバーの楠木《くすのき》さんだった。

陽都《あきと》くんはロッカーを拭《ふ》いていたけれど、すぐに駆《か》けつけてきて、

「こんにちわ。お邪魔《じゃま》してます」

「陽都《あきと》くんだ〜。作務衣《さむえ》着ちゃって。おばあちゃんに跡継《あとつ》ぎにされちゃうよ。ほら後ろで目がギンギンに光ってる、怖《こわ》い怖《こわ》い」

「ええなあ、働く若い子、ほしいなあ」

「商店街は後継《こうけい》者不足だからねえ。夏祭り、うちの店と銭湯がコラボして、夜は銭湯で演奏して足湯に入って、ビールを飲む会にしようと思って」

私はそれを聞いて目を輝《かがや》かせる。

「銭湯の中って天井《てんじょう》が高いから音が響《ひび》いて素敵《すてき》なんじゃないですか」

「そうなんだよ〜。それに足湯に入って暑いでしょ？　ビールも進んで、楽しく歌も歌える」

「いいですね」

「紗良《さら》ちゃんも久しぶりに一曲弾《ひ》いてみない？　電子ピアノだけど」

楠木《くすのき》さんは演奏する予定の曲リストを見せてくれた。

ピアノは幼稚園《ようちえん》に通っていたころジャズバーで楠木《くすのき》さんに習っていた程度で、もう弾《ひ》けると思えない。私は左右に首を振《ふ》って、

「もう忘れちゃってますよ、弾《ひ》けません」

「そう？　昔、勇《ゆう》ちゃんともやったのよ、銭湯で演奏」

「え、そうだったんですか」

「さっきのアルバムに写真あるよ。ほら、夏祭り。勇二《ゆうじ》くん、ほら！」

そう言っておばあちゃんが見せてくれたアルバムには、この銭湯に電子ピアノを置いて、演奏しているお父さんの写真があった。話を聞いてみたら、私が産まれる前のようだった。そんなことしてたなんて知らなかった。

その後も夏祭り本番に向けて細かい打ち合わせをした。

全てを終えて帰ろうとすると、楠木《くすのき》さんが私に声をかけた。

「紗良《さら》ちゃんと陽都《あきと》くん、お店でオムライスしない？　見せたいものがあるんだ」

楠木《くすのき》さんに誘《さそ》われて、陽都《あきと》くんと一緒《いっしょ》に斜《なな》め前にあるジャズバーに向かった。

カウンターの裏側に楠木《くすのき》さんは入り、大きなボックスをテーブルの上に置いた。

その中にはファイルや楽譜《がくふ》、そしてウクレレも入っていた。

「最近紗良《さら》ちゃんが来てくれるようになったから、コイツの存在思い出したんだよ。これ勇《ゆう》ちゃんがうちの店に隠《かく》してた荷物なんだよね」

「お父さん、こんなのずっと隠《かく》してたんですか⁉」

「ほら、花江《はなえ》さん捨てちゃうから」

「あはははは！」

お母さんはお父さんが音楽を好きなのを、あまり良く思っていなかった……と思う。

私が楠木《くすのき》さんにピアノを習うのをやめたのも、お母さんが「音楽でプロになるわけじゃないんだし、人生の役に立つのは勉強だと思わない？」と言ったから、習うのを辞《や》めて中学受験に向けて塾《じゅく》に入ったのだ。実は私がメイク道具とかを隠《かく》しているトランクルームにも、お父さんの本の奥に楽譜《がくふ》やCDとかが置いてあるのは気がついていた。

でもあそこは湿気《しっけ》もあるし、楽器はここに置いてあったようだ。

楠木《くすのき》さんはウクレレに触《ふ》れて軽く弾《ひ》きながら、

「これ紗良《さら》ちゃん持って行ってよ。俺も捨てられなくて困ってるんだ」

「あはは！　はい、分かりました」

このウクレレは、お父さんが気に入っていたもので思い出があるから、部屋に飾《かざ》ろうかな。

昔の私は無理だったけど、今なら置ける気がする。

「ウクレレ……可愛《かわい》いし、懐《なつ》かしいので、これは私が部屋に持っていきます」

「お。これだけはたまに弾《ひ》いてたから今も使えるよ。家で弾《ひ》きなよ」

「弾《ひ》く……はい。でもどうせなら」

十年くらい触《ふ》れてないから、弾《ひ》き方なんて忘れてるけれど、見るとコロンとしてて可愛《かわい》いな
……と思う。そしてファイルや楽譜《がくふ》はトランクルームに持っていくために一緒《いっしょ》に引き取ると決

めた。中のファイルを見ると、そこに有名アニメの主題歌の楽譜《がくふ》が入っていた。

お父さんはあの曲が大好きだった。そして楽譜《がくふ》に落書きしてあるのに気がついた。このアニメに出ているキャラクターを描《か》いたものだけど、全然似ていない。すごく下手な絵が二個。たぶん……鉛筆《えんぴつ》で描《えが》いたのがお父さん。その横にペンで描《か》いたのが私。

ふたりして下手で笑ってしまう。でもあのトランクルームに大切なものを隠《かく》してるのも、全部同じ。

そしておばあちゃんが持っていたアルバムにあった笑顔《えがお》でピアノを弾《ひ》いていたお父さんを思い出した。私は楽譜《がくふ》を撫《な》でて、

「……この曲だけでも、楠木《くすのき》さんと演奏しようかな。懐《なつ》かしくなっちゃいました」

そういうと楠木《くすのき》さんは「わー！」と嬉《うれ》しそうに手を叩《たた》いて、

「嬉《うれ》しいな！　じゃあ打ち合わせのあとにここで練習しようよ。それなら花江《はなえ》さんにもバレないんじゃない？」

その言い方が怒《おこ》られるから逃《に》げ出《だ》す子どものようで、私は口元を押さえてクスクス笑ってしまう。

「……楠木《くすのき》さん。ひょっとして、お母さんのこと苦手です？」

「そんなことないさ～～。ただ紗良《さら》ちゃんに楽しくピアノ教えてたのに、塾《じゅく》に行かせたのはちょっと今も怒《おこ》ってるかな」

「小学校二年生くらいの時に辞《や》めたから……かなり長く怒《おこ》ってますね」

「そうだよ、十年経《た》っても忘れない、怒《おこ》ってるよ」

私と楠木《くすのき》さんは箱の中身を見て笑いながら話した。

あの曲くらいなら、きっと今も弾《ひ》けるし、ちょっと弾《ひ》きたい。

懐《なつ》かしいなと、ウクレレに触《ふ》れながら思った。

ジャズバーで楽譜《がくふ》を見ながら楠木《くすのき》さんと話していたら、友梨奈《ゆりな》からLINEが入った。

『お姉ちゃん、今どこ？　うひひひ、今日お母さんいないんでしょ？　一緒《いっしょ》にご飯食べようよ！』

お母さんは昨日から四日市に行っていて、帰りは今日の深夜だとLINEが来ていた。

こういう時は各自好きに食事を取ることになってるんだけど、友梨奈《ゆりな》はいつも出先で食べてくるから、夕方に連絡《れんらく》してくるのは珍《めずら》しい。それにすごくテンションが高い。なんだろう？

私はLINEを打ち込む。

『家の近くの商店街にいるわ。銭湯の斜《なな》め前にあるジャズバー。陽都《あきと》くんもいるけど良《い》いの？』

『彼ピもいるんだ。丁度いいよお！　今、駅についたから行く～。お腹空《なかす》いたあ』

そうLINEが返ってきた。友梨奈《ゆりな》がくること、お腹《なか》が空《す》いていることを伝えると、楠木《くすのき》さんは「はいよ！」とオムライスを作り始めた。

陽都《あきと》くんはジャズバーが楽しくて仕方がないようで、スマホのカメラで演奏している人を撮《さつ》影《えい》している。そして私の隣《となり》の席に戻《もど》ってきて、楠木《くすのき》さんに話しかける。

「いやー。今、俺が出入りしているさくらWEBって所にも、ヘヴィメタがすごく好きな人がいて、打ち合わせする時もずっとギター触《さわ》ってるんですよ」

「えっ……ちょっとまって陽都《あきと》くん。さくらWEBでヘヴィメタの番組って、ヘヴィメタ天国って番組だけど、すごく有名なんだよ」

「知ってるんですか⁉」

「ホタテさんでしょ！　すごいんだよ、あの人。あの番組十年続けてるんだから」

「え――⁉　すごく長い」

私と陽都《あきと》くんは手を叩《たた》いて笑ってしまった。

私もさくらWEBでホタテさんには挨拶《あいさつ》したけれど髪《かみ》の毛《け》がサラサラで、裏側に入っている紫色《むらさきいろ》のメッシュが鮮《あざ》やかで、変身好きから見るとすごいなあと思って見ている。男性なんだけどお化粧《けしょう》されていて、それが真っ赤な口紅とか派手なものじゃなくて品が良《い》いの。それなのに話し方はすごく丁寧《ていねい》で、お母さんの仕事関係者さんみたいだなと思っていた。でもヘヴィメタは全然分からない……と思っていたけれど。

話していたら、友梨奈《ゆりな》がお店に飛び込んできた。

「ジャジャジャジャーン！　見て見てお姉ちゃんヤッバいのお〜、あっ、彼ピも見て見て、匠《たくみ》が自爆《じばく》して草〜〜〜！」

匠《たくみ》さんの話⁉

私はそれを聞いて慌《あわ》てた。

今、匠《たくみ》さんに関することを外で話すのは良くない。商店街のみなさんは、どうして匠《たくみ》さんが突然《とつぜん》お手伝いにこなくなり、他の人が来たのか確定情報はないし、本音は興味津々《きょうみしんしん》だからだ。

でも、どうして来なくなったのか、他の人が来たのか、変なことをいうと評判を下げることになる。友梨奈《ゆりな》には「この話をここでしないほうがいい」とか、そういう観念は存在しない。匠《たくみ》さんがここでどういうポジションだったかとか、町の人がどう思っているかとか、そういうのは全く関係がなく、思ったことをそのまま言うから危ないのだ。私は友梨奈《ゆりな》の目を見て、

「匠《たくみ》さんの話はここでは止《や》めましょう」

「お姉ちゃん。もうアイツは自爆《じばく》したんだ。だから私たちが黙《だま》ってる必要なくなったの」

「……え？」

友梨奈《ゆりな》はテーブルにスマホを置いてインスタを開いた。

それは青空のアイコンの知らない人のアカウントで、アップされている写真の場所はカラオケの個室に見えた。大きなソファーがあり、真ん中に匠《たくみ》さんが座っていて、取り囲むよう五人ほどの女性が見えた。匠《たくみ》さんはテーブルの上にコップを置き、お酒を二種類混ぜて右側の女の

子に渡《わた》した。そして「おら飲めよ！　俺が作ったんだから、飲めよ！」と強引《ごういん》にお酒を飲ませている。女の子は戸惑《とまど》いながら一口飲むが、すぐに机に置こうとした。すると匠《たくみ》さんはテーブルを蹴飛《けと》ばして「置くな！　飲めよ！」と叫《さけ》んだ。

机の上のお酒の瓶《びん》が床《ゆか》に落ちて割れて女の子が叫《さけ》んでいるところで動画は終わっていた。

私は友梨奈《ゆりな》を見て、

「……友梨奈《ゆりな》は、こんなことされてないのよね？　大丈夫《だいじょうぶ》なのよね？」

「別れる前まで紳士《しんし》だったけど。でもよく考えると、最初から私をコントロールしようとしてたんだよなあ。服とかメイク用品とかめっちゃくれたし、服もいつも指定したがったの。それに部屋に入ると引き出し勝手に見るし、スマホも見たがってた。今考えると支配欲すごすぎなんだよね～。見てよ、この動画。コメントもすごいの。タグ付きでどんどんヤバいのが上がって来てる」

友梨奈《ゆりな》がクリックすると、酒を飲んで暴れる匠《たくみ》さんがたくさん出てきた。

これはもう完全にお終《しま》いだ。それを見ていた楠木《くすのき》さんはため息をつき、

「何してるんだ匠《たくみ》くんは」

友梨奈《ゆりな》はスマホをいじりながら、

「これだけじゃないですよ。私の腕《うで》も摑《つか》んで椅子から引きずり落としてストーカー。ガチのクズなんですから」

楠木《くすのき》さんは眉《まゆ》をひそめて、

「……その話、お母さんは知ってるの？」

私は静かに頷《うなず》いた。楠木《くすのき》さんは「ふう……」と息を吐《は》いて、

「残念だよ。うちの商店街ではすごく頑張《がんば》ってくれてたからね。信じたくないけど……この量が出てきたらもう言《い》い逃《のが》れできないね」

「ざまあみろの大炎上《えんじょう》ですよ、は──っ、私が今まで付き合ったなかで一番のゴミでした。あーあー。顔は良かったのにDV男とかクソすぎる」

楠木《くすのき》さんはスマホを置いて、友梨奈《ゆりな》の前にオムライスを出してくれた。

「もし何かあったらお店に相談にきてよ。DV男の成敗くらい、俺たちでもできるから。俺たち勇《ゆう》ちゃんの親友だからさ。親友の子が辛《つら》い目に遭《あ》ってるのイヤだよ。警察だって弁護士だって、腕利《うでき》きのバーテンダーもいるし、お風呂《ふろ》の温度を完璧《かんぺき》に調整できるばーちゃんも、そば切り包丁でDV男を切り刻んでくれる男もいるよ。最後には美味《おい》しい天ぷらにしてくれるし、残りは風呂釜《ふろがま》で煮《に》よう」

「最後のほうがかなり怖《こわ》いです」

私はそれを聞いて苦笑《くしょう》してしまったけど、相談においでと言ってくれるのは心強いと思った。

食事を美味《おい》しく頂いて、私は楠木《くすのき》さんに頭を下げた。

「今日はありがとうございました。久しぶりにピアノを弾《ひ》くことになって、楽しみです」

「え。お姉ちゃん何か弾《ひ》くの？」

友梨奈《ゆりな》は置いてあったビーフジャーキーを勝手に食べながら言った。

私はテーブルの上に置いてあった箱を引き寄せて、

「夏祭りで久しぶりに。ほら、お父さんのウクレレ」

「え？　お父さんウクレレとか弾《ひ》けたの？　全然覚えてないんだけど」

「……友梨奈《ゆりな》って本当に自分のことしか興味ないのね。お父さんピアノもウクレレもすごく上手だったのに」

「全然覚えてない。正直音楽してたイメージもない。ていうか、人生で自分のこと以外に大切なことってなに？」

それを聞いて楠木《くすのき》さんが手を叩《たた》いて笑う。

「あははは！　友梨奈《ゆりな》ちゃんは花江《はなえ》さんにそっくりだ。昔さ、勇《ゆう》ちゃんがこの店で酔《よ》っ払《ぱら》ってピアノ弾《ひ》いてた時に花江《はなえ》さんが来てさ『今必要なのは支援《しえん》者のお店で呑《の》むことです！』って連れ出していって！」

それを聞いて私は爆笑《ばくしょう》してしまう。すごくお母さんが言いそう。なんならきっと今も言う。

友梨奈《ゆりな》は平然と、

「まあお酒呑《の》むならどこでも一緒《いっしょ》じゃん？　よっしお姉ちゃんも彼ピも、帰ろ〜〜！」

「分かったわ。行きましょう」

私と陽都《あきと》くんは立ち上がって、頭を下げて再度お礼を言った。財布《さいふ》を出そうとすると楠木《くすのき》さんは笑って、

「食事代金は花江《はなえ》さんに四倍にして請求《せいきゅう》するよ。次の打ち合わせの後に練習しよう？　楽しみだなー！」

と笑ってくれた。

お母さんの一部として手伝わされるのがイヤで遠ざかっていた商店街だったけど、信頼《しんらい》できる人に再び繋《つな》がれた安心感で私は嬉《うれ》しくなった。

そして友梨奈《ゆりな》と陽都《あきと》くんと一緒《いっしょ》に店を出た。陽都《あきと》くんは友梨奈《ゆりな》の顔を見て、

「匠《たくみ》さん、あれからお店に来てない？　大丈夫《だいじょうぶ》？」

「うん！　別れて正解のクソ男だった。もお〜〜」

そう言って友梨奈《ゆりな》は笑顔《えがお》を見せた。

私と友梨奈《ゆりな》は、駅まで陽都《あきと》くんを送って家に歩いて帰ることにした。

「ただいま」

23時すぎ。家の前にタクシーが停《と》まってお母さんが帰ってきた。

いつもは家の中に全部荷物を入れて靴《くつ》も片付けるけど、すべての荷物を玄関《げんかん》に置きっぱなし

で、手も洗わずソファーに座り込んだ。私は温かいお茶を出して、椅子《いす》に座った。

「おかえりなさい」

「あ――……疲《つか》れた……。ごめんなさいね、夏祭りの打ち合わせ行ってもらって。だってあれよね、多田《ただ》さんの息子《むすこ》さん、会ったことない人だったわよね」

「うん、でもすごく頑張《がんば》ってたから任せても大丈夫《だいじょうぶ》そうだったよ」

「……匠《たくみ》さんもそうだったのよ。匠《たくみ》さんも！　は――……」

そう言ってお母さんは上着を脱《ぬ》いだ。

この騒《さわ》ぎがあって一ヶ月、お母さんは急速に老《ふ》け込んだように見える。

どうやらお母さんもインスタを見たようで、

「匠《たくみ》さんの見た？　あれはもうお終《しま》いね。友梨奈《ゆりな》はもう寝《ね》た？　友梨奈《ゆりな》はこういうことされてないの？」

「付き合ってた時は大切にしてくれてたみたいよ。でもそれを信じられるか、もう今となっては分からないけれど」

「そうね……もう別れててラッキーと思うレベルだわ。次の市長は多田《ただ》さんで決まり」

「二度目の？　体調は大丈夫《だいじょうぶ》なの？」

「新薬が身体《からだ》に合ってるみたいね。今回は藤間《ふじま》さんに……って言ってたけど、松島《まつしま》さんに『息《む》子《こ》のために死ぬ気でやれ』って言われて頷《うなず》いてた」

「多田《ただ》さんなら大丈夫《だいじょうぶ》だね」

「そうね……一安心だわ……」

多田《ただ》さんが市長を再び務めて、娘婿《むすめむこ》さんが育ったころにバトンを繋《つな》いで、今度こそ本当に引退する筋道なのだろう。お母さんは私が出したお茶を飲み、インスタを立ち上げて、

「……でもね。私思うんだけど、きな臭《くさ》いのよね。ほら見て。匠《たくみ》くんの服装」

「え?」

「ハイネックのセーターに後ろにコートとマフラー。見て、このマフラー。これ去年のクリスマスに友梨奈《ゆりな》があげたやつよ」

「あっ……」

「これ去年撮《と》られた動画だと思うの。こっちの動画は後ろに桜が咲《さ》いてるし、こっちは夏よ。それを誰《だれ》かがずっと持っていた。そしてこの市長選直前のタイミングで放出したのよ。昨日今日撮《と》られたものじゃない。弾《たま》として準備されてた可能性が高いわ。紗良《さら》も友梨《ゆり》奈《な》も気をつけて。もうほんと最近はすぐに動画に撮《と》られるから。もう動画の撮影《さつえい》自体断って。あとで何に使われるか分かったもんじゃないわ」

「はいはい」

ここにきて言うのは自分の心配だ。あまりにお母さんすぎて、私は机の下に置いていたウクレレを取りだしてポロンと鳴らした。お母さんはむくりと身体《からだ》を起こして、

「えっ、なにそれ？」

「お父さんの。ジャズバーに隠《かく》してあったの。お母さんが怖《こわ》くて」

「えっ、なにそれ。怖《こわ》くなんてないわよ」

「怖《こわ》くて隠《かく》してたんだって。捨てられると思って隠《かく》してたんだって」

「そんなことしないわよ！」

「するよ、するする。お母さんはする」

「何よもうそれ酷《ひど》い」

「お母さん触《さわ》らないでよ」

お母さんは「触《さわ》らないわよ。もうお風呂《ふろ》入る！」と怒《いか》りながら立ち上がった。

ううん、当時なら絶対捨てたと思う。

それに誰《だれ》も反対もできなかった。

でも今。

この距離感《きょり》が摑《つか》めたから、この距離《きょり》で言えるようになったから、絶対に私が捨てさせないし、触《ふ》れさせない。

こんな風にお母さんに対応できる自分が、ほんの少し好きになってきた。

私はきっと、音楽が好きで、意志がつよい、ふたりの子。

第13話　本番

「……なんか、スタジオにいる人が多くないですか」

「本番だからね。ここで初回みたいに落としたら安城《あんじよう》さんのクビが飛ぶよ」

「えっ……」

「放送事故はさすがの安城《あんじよう》さんも飛ぶよ。安城《あんじよう》さんいなくなったら俺たちも楽しくないから困っちゃう。いやー、恐《おそ》ろしいね」

そういってスタッフの加藤《かとう》さんは笑った。

今日は高校生スペシャルと4BOXのコラボの最終形態であり、本番だ。

今まで五回テストを繰《く》り返《かえ》し、そのたびに問題点を洗い出して、今日に備えてきた。

初回は予想以上の吹《ふ》き出《だ》し数に画面が止まり再録画となり、二度目は導入したビンクジが即《そく》落ちた。三度目は参加人数を増やしたら、画面が埋《う》まりすぎて何も見えなくなった。四度目は本放送の一時間前にしている過去放送で同時視聴《しちようふ》吹き出《だ》しクジありでやったのだが、なんとか問題なく完走できた。加藤《かとう》さん曰《いわ》く本番の負荷《ふか》も読めたという。

安城《あんじよう》さんは椅子《いす》に座ってフリスクを食べて、

「この前やった再放送の吹《ふ》き出《だ》しアリは、今までの再放送の中で過去最高のコメント数だったんだよ。上が気を良くして、これからも再放送は吹《ふ》き出《だ》しアリで行こうって話してたよ」

「良かったです」

「だから本放送で事故っても飛ばされやしないさ」

「安城《あんじょう》さん、本番前に縁起《えんぎ》が悪いこと言わないでください。神社行きました!?」

加藤《かとう》さんは安城《あんじょう》さんを睨《にら》んで言った。

「行った行った」

「ちゃんとお守り買いましたか!?」

「買ったよ〜」

安城《あんじょう》さんはモフモフとした髪《かみ》の毛《け》を揺《ゆ》らして笑った。

どうやら新しいことをする時は、さくらWEBの近くにある小さな神社にお参りに行きお守りを買ってくるのが通例らしい。俺たちも加藤《かとう》さんに連れられてその神社に行ってお守りを買い、サーバールームに奉納《ほうのう》？　した。そこにはおびただしい量のお守りがぶら下げてあって、サーバールームという無機質な部屋に無限にぶら下がるお守りがちょっと怖《こわ》かった。その横にはガチャガチャで出たらしいグッズも山盛り……。結局なんでも良《い》いのでは？

加藤《かとう》さんは画面を見ながら、

「今、吹《ふ》き出《だ》しアリで再放送中だけど、問題なさそうだね。クジも落ち着いて機能してる。しかし4BOXの子たちオリジナルのアクスタは考えたねー」

「いや、マジで助かりました」

俺は頷《うなず》いた。

番組内の視聴《しちょう》ポイントと課金で買えるビンクジは大好評で、毎回開始数分で売り切れてしまう。なにより笑ったのは、中園《なかぞの》×日本人形コラボのアクスタが一番人気だったことだ。

ネット上にはファンアートまで出回り、中園《なかぞの》がホラーゲーの実況《じっきょう》者だという話まで広がり、開き直った中園《なかぞの》は、最近本当に配信してた。

それは謎解《なぞと》きホラーゲーで、日中に全部謎《なぞ》を解かないと夜中にチーターみたいな速度で走ってくる日本人形に追い回されるゲームだ。ちなみに着物は全く乱れない。色々と意味不明だけど恐怖《きょうふ》でヘッドフォン投げ捨てる中園《なかぞの》をまたアクスタにして売ったがもう俺が飽《あ》きた。

あまりにビンクジが売り切れるので、前回からビンクジを複数用意して、一枚終わったら二枚目が出るようにした。五枚目まで準備して内容はすべて最初に明かす。当然後半のほうが良《い》い景品を準備してたんだけど、もうネタ切れで困っていた。

穂華《ほのか》さん扮《ふん》するゆるキャラと紗良《さら》さんの昭和のオッサン、そして平手《ひらて》のモフモフのアクスタは良く売れるんだけど、これはデザイナーさんに発注かけないと新しいポーズが出せなくて、それを頼《たの》む導線が確保できなかった。

同じ景品では面白《おもしろ》くないし……と困っていたら、４ＢＯＸに出演している子たちが「私たちの写真使ってよ！」と素材を提供しはじめてくれたのだ。

これがまた効果抜群《ばつぐん》で、先週の放送では五枚目まで番組前半で出てしまった。

この課金額が番組の順位を押し上げて、先週の再放送吹《ふ》き出《だ》しありバージョンは25位まで順位を上げた。

再放送でこの順位はあり得ないらしく、今回のスタッフ増員に繋《つな》がっているようだ。

「そろそろくるよー！」

ディレクターさんが、スタジオの中で拍手《はくしゅ》をして声をあげた。

再放送が終わりに近付き、同時視聴《しちょう》の吹《ふ》き出《だ》しとビンクジありの放送が始まる。

スタジオにはもう慣れてきた中園《なかぞの》（素の顔）、そしてモーションキャプチャーを付けた穂華《ほのか》さんと平手《ひらて》、紗良《さら》さんがいる。

俺はキャラクターこそ準備したものの、こうしてモニターを見ながら仕上げていくのが好きで、一度も画面には出なかった。基本根性《こんじょう》が裏方なのを今回も思い知る。

現場のディレクターさんが立ち上がり、みんなを見て、

「基本は前回と同じです。メインチャンネルのほうに今日放送の４ＢＯＸが流れてて、この吹《ふ》き出しありバージョンは隣《となり》のサブチャンネルで放送になります。いつもは違《ちが》う番組流してる所だから、正直そこまで負荷《ふか》かかんないと信じてる！」

現場の人たちが拍手《はくしゅ》で気合いを入れて、放送が始まった。

俺は加藤《かとう》さんの横に座って最終画面とどれくらい負荷《ふか》がかかっているかをリアルタイムで見

る。

これすげー面白《おもしろ》いんだよな。どれくらいの人が今何をしているのか数字で分かる。

正直いつもは別のドラマを流している枠《わく》だし、横で今日初放送の4BOXが流れているので、先週の再放送より吹《ふ》き出《だ》しの数は少ない。

それでもビンクジはもう三枚目に入った。視聴《しちょう》ポイントは見ているだけで貯《た》まるから、気楽にクジが引けて楽しいようだ。

穂華《ほのか》さん扮《ふん》するゆるキャラはみょんみょんと手と足、それに身体《からだ》が伸《の》びる。

「あっ……やっぱりこの男行くんだ～。そこに行くんだ～～」

「でもこれ女の子が誘《さそ》ってるわよね」

「これ女のことを、女が嫌《きら》いなんだよ。だからわざわざ目の前で奪《うば》うんでしょー？」

穂華《ほのか》さんのゆるキャラと、紗良《さら》さんの昭和のおっさんキャラの掛《か》け合《あ》いは、まるで友だちと一緒《いっしょ》に4BOXを見ているようだと評判だ。

穂華《ほのか》さんたちが話すと一気に吹《ふ》き出《だ》しが二体のキャラ周りに並び始める。

『いるいる、そういう女』

『全部マネする系女子な～～男も真似《まね》して取るんだよ～好きでもないやつをさ～～』

『男ってそういうの分かるもの？』

『パイパイでかいヤツが勝つ』

『真理。結局なんもわかんねーもん。優《やさ》しくしてくれて可愛《かわい》いなら、裏切りでも何でも良《い》い』

穂華《ほのか》さん扮《ふん》するゆるキャラは、吹《ふ》き出《だ》しの横を移動しながら文句を言う。

「ほらね～。こんなもんよ～。あーあーあー。もう真面目が損する時代ってヤツ～～」

「友だち顔して裏でこんなことされたら、私泣いちゃうな……」

「大丈夫《だいじょうぶ》だよ、オッサン。私は友だちの彼氏《かれし》のこと、雑草だと思ってる！」

雑草。そういえば穂華《ほのか》さん、前もそんなことを俺に言ってたな。

『世の中の女はみんなそう言うんですよ』

『結局迫《せま》られたら流されちゃうんだよな～』

『人気取りオツ』

『イケメンパワーに流されない女っているの？』

『イケメン無罪』

穂華《ほのか》さんはコメントに向かってビョンビョンと身体《からだ》を伸《の》ばして飛びついて、

「イケメンでも金持ちでも、クソ男はクソ男だろうが――!!」

『まあ落ち着け、犬。そうだね、クソはクソ。整えてもクソ』

『穂華《ほのか》犬がまた切れた。犬になってからすぐキレる』

俺はその吹《ふ》き出《だ》しを見ながら笑ってしまう。確かに人間の状態で出てた時は品行方正だったのに、モーションキャプチャーの犬になってから穂華《ほのか》さんはかなり自由にコメントしてる気がする。やっぱり仮の姿のほうが気楽なんだよなあ。問題は本人の顔が売れないことだ。

画面を見ると、平手《ひらて》扮《ふん》するモフモフが中園《なかぞの》の首に巻き付いていた。

「おい平手《ひらて》。俺の首のまわりでモフモフ移動するな」

「デザイナーさんがおれのモフモフ強化してくれたんだよ。モフ度が上がった。ほら処理が」

「いや俺が首にケモノ巻いてるみたいになってるから」

そのすぐ横にピンクやオレンジの可愛《かわ》い色の吹《ふ》き出《だ》した一気に並ぶ。

『可愛《かわ》い〜〜ケモケモ巻いてる中園《なかぞの》くん良《い》い〜〜〜』

『本当だケモケモの解像度上がってる』

『中園《なかぞの》くんの新作もうないんだけど〜。ビンクジ無くなるの早すぎ〜〜』

『中園《なかぞの》くん、私今日誕生日なの。名前読んでほしいなあ〜〜』

その吹《ふ》き出《だ》しを見て中園《なかぞの》が反応する。

「俺思うんだけどさ、ボイスメッセージをプレゼントするの良くない?」

『なにそれ突然《とつぜん》本番中に中園《なかぞの》くんがイミフなこと言い出してない?』

『なんでも言ってくれるってこと⁉』

『声がプレゼントってこと⁉　ガチほしいんだけど!』

「そうそう。今回一番買ってくれてる人……この人かな。あとで番組からDM送ってもらってさ、そこで俺に言ってほしい言葉を書いてくれたら、俺がそれを読み上げてDMでプレゼントするってどう？　目覚まし音声とかさ。あ、残りのビンクジ全部売れちゃった。ごめん、これ別の人になったかな」

そう言って中園《なかぞの》は笑った。

おいおい……本番、しかもリアルタイムでやってる最中に勝手に景品を足すなよ。

でも確かに『声のプレゼント』は商品を準備しなくて良いから楽じゃね？　中園《なかぞの》にこの後読み上げて貰《もら》えばそれで良《い》いんだし。

やっぱ現場に立ってる人しか思いつけないことってある気がする。

今日は先週した再放送より吹《ふ》き出《だ》しも少なくて、ビンクジも全部出るか怪《あや》しい所だったけど、終盤《しゅうばん》前のタイミングで売れて良かった。

このまま無事に放送を終えられそうだ……と思ったら、加藤《かとう》さんが目の色を変えた。

「これ、誰《だれ》⁉　出演者バッジ付いてる」

それを聞いて画面を見ながらフリスクを食べていた安城《あんじょう》さんが姿勢を正して、

「来たね。あ——、こういう感じになるんだ」

「ログインIDに紐《ひも》付けしました⁉」

「出演者だけ。陽都《あきと》良《い》いじゃん、出演者だけ吹《ふ》き出《だ》し黒くて白文字抜《ぬ》きなの、目立って良いよ」

「本音だから、そっちのが良《い》いかなって思ったんです」

他の人とは違《ちが》う色の吹《ふ》き出《だ》しと、出演者バッジに他の吹《ふ》き出《だ》しが反応する。

『え、出演者⁉ え、マジで？ 誰《だれ》⁉』

『誰《だれ》かは秘密。でもこれさあ～、ここまでベタベタしてたと思ってなかったなあ～』

『え。もう全部撮《と》り終わってるの⁉』

『終わってるよー。だからこんなこと言いにこれるの』

『こっちはアンタが裏で何してたか知ってるんだけど』

『えっ⁉ また出演者バッジ、誰《だれ》⁉』

『4BOXに出てる本人が今これ書き込んでるってこと⁉ やば！』

少し控《ひか》えめだった吹《ふ》き出《だ》しが一気に増えて、画面が騒《さわ》がしくなってきた。

4BOXの子たちがアクスタを出しても良いと言うということは、この吹《ふ》き出しありの番組を出演者たちも見ているということだと俺は気がついた。これは恋愛《れんあい》リアリティー番組……出演者の人たちは、言いたいことのひとつもふたつもあるんじゃないかと思ったんだ。特に今回の話は、女友だちが彼氏《かれし》を影《かげ》から奪《うば》い去《さ》るので、かなり荒《あ》れていた。

4BOXは脚本《きやくほん》なしのガチリアリティー番組で、何もない時は、何もない。荒《あ》れる時は、めちゃくちゃ荒《あ》れる。だから俺は安城《あんじよう》さんに「出演者バッジはどうですか。出演者ってことのみ分かって、誰《だれ》だか分からない。出演者自らが作り出す第二ラウンドです」と提案したのだ。

安城《あんじよう》さんは「さすがに来るかどうか分からないけど」と笑いながら、出演者たちのIDに紐《ひも》付けしてくれたのだ。その結果、番組が一番盛り上がるタイミングで来てくれたようだ。

画面が突然慌《とつぜんあわ》ただしくなりスタッフさんたちが騒《さわ》ぎ始めたけど、もう番組は終盤《しゅうばん》。

コメントを入れた人たちが誰《だれ》だったのか分からず大騒《おおさわ》ぎのまま同時視聴《しちょう》の番組は終了《しゅうりょう》した。

そして視聴《しちょう》者数とコメント、注目度ランキングなどが集計されて、すぐに順位が出た。

俺はそれを見て叫《さけ》ぶ。

「‼　八位だ‼」

週間ランキングは今日が締《し》め切《き》りだ。この後は再放送しかなく、ランキングを狙《ねら》っているような番組はない。つまり八位確定したということだ。

横のモニターで一緒《いっしょ》に順位を見ていた中園《なかぞの》が手を高く上げて、

「おおおおおお。陽都《あきと》やったじゃん」

俺はその手に、自分の手をパンと当てた。

「やったな‼」

現場にも「おお……ランキングに新番組が入ったね」と拍手《はくしゅ》が広がる。俺は安城《あんじょう》さんのほうを見て、

「これで来週の朝の番組に出られるってことですよね」

安城《あんじょう》さんはにっこりと微笑《ほほえ》んで

「出るね。新しい番組だから、結構長く紹介《しょうかい》してくれると思うよ。今のうちに特番作るか」

「やったぞ、中園《なかぞの》!!」

「俺メールしよっと。マジで～!? やった――――!! 見てくれるかな」

喜ぶ俺たちの所にモーションキャプチャーの装置を外した紗良《さら》さんが駆《か》け寄《よ》ってきた。

「陽都《あきと》くん、やったね!!」

「紗良《さら》さん、おつかれさまでした。今日も気楽な感じで良かったね」

「出演者さんが突然《とつぜん》吹《ふ》き出《だ》し出してきて驚《おどろ》いたわ。本当に本人さんなの?」

「そうそう。紗良《さら》さんの昭和のおじさんの横にも『まじ可愛《かわい》いな』って吹《ふ》き出《だ》し出してくれてたね」

「え――。見えなかった。もう吹《ふ》き出《だ》しの量がすごくって」

「最後はヤバかったね」

穂華《ほのか》さんも装置を外して笑顔《えがお》になり、

「辻尾先輩《つじおせんぱい》、おつかれさまでした――っ! まっじで楽しかったです」

「穂華《ほのか》さんもおつかれさま。犬になってからのが伸《の》び伸《の》びしてたね」

「いやもう中園先輩《なかぞのせんぱい》ほど人気がある人の横に立つのキツかったんで、楽でした。それにこの犬可愛《かわい》いしー!」

平手《ひらて》は置いてあった水を飲み、

「俺も楽しかった。最後にモフモフ度数上げてくれた人に感謝しかない」

「なんかデザイナーさんが人気あるの嬉《うれ》しかったみたいで、平手《ひらて》の兎獣人《うさぎじゆうじん》だけどんどんデータがバージョンアップしてた」

「気がついてた‼　爪《つめ》と牙《きば》が最後に足されたんだよ。すげー可愛《かわい》くて中園《なかぞの》くん嚙《か》んでた」

中園《なかぞの》はメールを送り終え、

「いや～～マジで楽しかったな。おつかれ！」

俺たちはスタジオ横のソファーに集まって騒《さわ》いだ。

その後すぐに「八位記念！」とスタッフさんたちがお寿司《すし》やケンタッキーを持って来てくれて、プチ打ち上げが始まった。加藤《かとう》さんと安城《あんじよう》さんはお酒を飲みながら、このシステムを他の番組にも使えないか検討を始めた。横で聞いているだけで、正直すげー楽しい。

紗良《さら》さんとサスペンスドラマを同時視聴《しちよう》したことから始まった企画《きかく》だったけど、どうやらこのままシステムとして残りそうで嬉《うれ》しい。企画《きかく》が受けたというより、ビンクジの売り上げでランクインした感じがするけど、入れたからいいや！

これで来週の朝のニュース番組で流れる。

そこに高校生スペシャルと4BOXのコラボのこと、そして俺が企画《きかく》を考えたことも流れると思う。それを見ればさすがに、そういうことに鈍《にぶ》い母さんも理解してくれる気がする。

俺たちはジュースとケンタッキーで乾杯《かんぱい》した。

第14話　旗と緑の約束

「紗良《さら》さん、見て！　この店すごくない？」

「お子さまランチ！」

紗良《さら》さんと少し前にファミレスでご飯を食べた時、メニューを見ながら「私……お子さまランチをお子さまの時に食べたかったな。そもそも子どもの頃《ころ》、ファミレスに来た覚えがないわ。市議会議員はね、支援者《しえん》のお店でご飯を食べる必要があって。外食は支援者《しえん》のお店を順番に移動してたの」と言った。高校生でも頼《たの》めばお子さまランチが食べられる気がするけど、なんだか気恥《きは》ずかしいのも分かる。

大人も食べられるお子さまランチの店……普通《ふつう》にありそうだけどと思って調べたら、バイト先から少し歩いた所にお店を発見した。

それはファミレスでもなんでもなく夜19時から24時まで営業している「大人のための給食」という店だった。俺は外で看板を指さして、

「見て。紗良《さら》さんが食べたいって言ってたお子さまランチが、ほぼ完璧《かんぺき》な形であるんだよ」

「オムライスにエビフライに唐揚《からあ》げ、それに旗が乗ってる！」

「そして半分のバナナ……これぞ完璧《かんぺき》なお子さまランチだよ」

「すごい、陽都《あきと》くん！」

「明日のために気合い入れなきゃいけないし、紗良《さら》さんが行きたい店が良《い》いんじゃないかと思って」

「嬉《うれ》しい、入ろう?」

そう言って、ほんわりと柔《やわ》らかい笑顔《えがお》を見せた。

今日の紗良《さら》さんは久しぶりに変装姿で、メッシュが入ったロングヘアに黒いサマーセーター、そしてスリットが入ったロングスカートに紐《ひも》で結ぶタイプのハイヒールを履《は》いている。

今日はふたりでさくらWEBの打ち上げ&紗良《さら》さんが明日商店街の夏祭りでピアノを弾《ひ》くので、応援《おうえん》するために行こうと言ったので、オシャレしてきてくれたようで、嬉《うれ》しい。

紗良《さら》さんは俺の腕《うで》にキュッとしがみつき、

「陽都《あきと》くん、さくらWEBのお仕事、本当におつかれさまでした」

「ランキングに入るのが目的だったから、それができて良かったよ。紗良《さら》さんも出てくれてありがとう。そして明日の夏祭り、俺すげー楽しみにしてるから!」

紗良《さら》さんは眉毛《まゆげ》を下ろして少し緊張《きんちょう》した表情になり、

「なんか緊張《きんちょう》してきちゃったの。もうドキドキしちゃって。だって人前で弾《ひ》くの久しぶりなんだもん」

「俺、色々考えてるし、全力応援《おうえん》するから! それにバーで何度も聞いたけど、紗良《さら》さんすごく上手。なにより楠木《くすのき》さんのチェロヤバい」

「すごく上手でしょ！」

そう言って目を輝《かがや》かせた。

夏祭りでピアノを弾《ひ》くと決めてから、紗良《さら》さんは時間を見つけてジャズバーに通い練習していた。俺もタイミングが合うときはお邪魔《じゃま》して、準備を手伝ったり、演奏を聴《き》いている。紗良《さら》さんはふるふると左右に首を振《ふ》って、

「北野《きたの》さんの歌がすごすぎて。私全然付いて行けないの」

「あの声量、ほんとすごい。歌を聴《き》いて身体《からだ》がビリビリって震《ふる》えたのははじめてだよ」

「そうでしょー！」

そう言って胸をはった。

バーで練習をしていたときに楽しそうに演奏を見ていた人がいて、その人は俺の二倍くらい身体《からだ》が大きな男性だった。でもそれはただ脂肪《しぼう》で太っているのではなく、ラガーマン、もしくはお相撲《すもう》さんのようなしっかりとした体格をしていた。

そしてある日「俺、夏祭り仕事なんだけどさあ。でも一緒《いっしょ》に歌いたいな！」と言ってきたのだ。その人も紗良《さら》さんのお父さんのお友達で、今は駅前の交番で仕事してる警察官だった。

警察官で歌とか歌えるのかな……と思ってたんだけど、歌い始めると机の上に置いてあるコップの中の水が揺《ゆ》れるくらいの美声で！　えええええ……と思ったら、昔は本気でオペラ歌手を目指していたらしく、とんでもない声量で驚《おどろ》いた。

明日が楽しみすぎる！

お店に入るとスーツを着たサラリーマンやＯＬさんたちで賑《にぎ》わっていた。

俺もお子さまランチは好きだったけど、小学校低学年になった頃《ころ》には量が足りなくて、お子さまランチとラーメンを食べていたのを今も覚えている。

紗良《さら》さんはメニューを持って目を輝《かがや》かせて、

「陽都《あきと》くん、給食コーナーにソフト麺《めん》のミートソースもあるよ」

「この白い麺《めん》、懐《なつ》かしすぎる。これなんであんなに好きだったのか思い出せない」

「私も大好きだったよ。でも配膳《はいぜん》するのが難しいし、麺《めん》が伸《の》びちゃってて、持ち上げるとブチブチ切れちゃって、それが悲しかったなあ」

「……ん？　ちょっと待って。麺《めん》が伸《の》びてる？　最初からミートソースの中に麺《めん》が入ってたの？」

「え？　そうよ。入ってた。その状態で丼《どんぶり》に配膳《はいぜん》してたわよ。麺《めん》が多い少ないで男子が戦争して……もうすごかったのよ」

「ソフト麺《めん》は別だったよ！　袋《ふくろ》に入っててさ。ミートソースは味噌汁《みそしる》みたいに別に来た」

「え――っ。小学校が違《ちが》うから、きっと違《ちが》うのね。面白いー」

スマホで調べたら麺《めん》が給食のメニューにない県もあって驚《おどろ》いた。わりと場所で違《ちが》うんだな。

紗良《さら》さんは「大人のためのお子さまランチ」。俺は「山盛り食べたかった給食のラーメン」

にした。紗良《さら》さんは俺が頼《たの》んだメニューを見て、

「給食にラーメンがあったの⁉」

「そう。豚汁《ぶたじる》みたいにスープがあってさ、麺《めん》が別に出てくるんだよ。それをつけ麺《めん》みたいに入れて食べるんだけど、美味《おい》しくて」

「えー、楽しそう。そんなの無かったよ」

「量が全然足らなくて。その日に誰《だれ》か休んだら給食のラーメンを誰《だれ》が食べるか、朝からじゃんけん100回勝負してた」

「激戦ね」

「だって麺《めん》大盛りは熱すぎだろ」

「そんなに食べたいと思ったことないから分からない」

そう言ってケラケラと笑った。

話している間に食事が配膳《はいぜん》されて、それを見て紗良《さら》さんは目を丸くした。

「すごい、完璧《かんぺき》！　オムライスが卵で包まれてて、ちゃんと国旗だ！」

そう言って旗を手に取って微笑《ほほえ》んだ。

ふたりで写真を撮《と》ってお互《たが》いに分け合って食べて、デザートにメロンソーダを頼《たの》んだ。

紗良《さら》さんがこれも「一度飲んでみたかったの！」と言ったからだ。メニューに給食によくあった牛乳に溶《と》かして味変させるミルメークもあったけど、あれは今も昔もあまり得意じゃない。

たぶん俺……牛乳がそんなに得意じゃないんだな。そもそも給食についていた牛乳が嫌《きら》いだったし。紗良《さら》さんは目の前に置かれたメロンソーダを前にして目を輝《かがや》かせて、

「これはアイスから食べるの？　それとも飲むの？」

「俺のオススメは、境界線をストローで吸う」

「なにそれ！」

笑いながらアイスとメロンソーダの境界線にストローを置いてちゅうちゅうと吸った。

「……妙《みょう》に美味《おい》しい。なんだろう。氷がアイス味になってる？」

「そうそう。その氷が美味《おい》しいんだよ」

氷にアイスが付いて、氷アイスみたいになった所が最高だ。それを味わったら次はアイスを食べながら炭酸を飲む！　そして最後に残された氷アイスも再び囓《かじ》る！

俺たちは氷を口いっぱいにいれてガリガリと噛《か》み、笑いながら店を出た。給食にしては高い値段だけど、どう考えても楽しかった。

お店の人たちが給食のおばちゃんたちと同じエプロンを着ているところも楽しかった。

紗良《さら》さんはピョンとジャンプをして俺の前でくるりと回り、

「ああ――、すごく楽しかった。陽都《あきと》くんありがとう」

「シメに……。お子さまランチにはやっぱこれでしょ」

俺はカバンから小袋《こぶくろ》に入ったピロピロ笛を取りだした。

お約束の口をつけて吹《ふ》くとピロピロ～～と筒《つつ》が伸《の》びるやつだ。

お子さまランチを食べるなら、何かオマケを買いたい……そう思った時に、これしか思い出せなかった。だから結構探したんだけど、売って無くて。結局ドン・キホーテで見つけた。あそこは何でもある楽園だから助かる。

紗良《さら》さんはそれを手に取って、

「お子さまランチのおまけだ！」

と目を輝《かがや》かせた。そして袋《ふくろ》から取り出して思いっきり吹《ふ》いた。すると六本のピロピロが伸《の》びた。紗良《さら》さんは地面に膝《ひざ》が付きそうなほど崩《くず》れ落《お》ちながら爆笑《ばくしょう》して、

「ちょっとまって、ピロピロが多いよ。きっとこれ、多い。変じゃない？　もう無理、息ができない」

「こういうのが買えるのって絶対ドンキだろと思って行ったら、あったんだよ。あったんだけど、一本だけのピロピロは十本入りで。そんなに要《い》らないだろ！　と思ったらすぐ横にこれが売ってて。この超《ちょう》大盛りバージョンは一本だけで売ってたからこれにしたんだけど、予想より豪華《ごうか》だな」

「もうやだ、面白《おもしろ》くてお腹《なか》痛いよ。ちょっと、ほらはやく陽都《あきと》くん吹《ふ》いてみて？」

渡《わた》されて吹《ふ》くと、六本のピロピロが夜の街に広がって、紗良《さら》さんはその場で膝《ひざ》を抱《かか》えて丸まって大爆笑《だいばくしょう》した。

そして酔《よ》っ払《ぱら》った大人たちも笑いながら見ている。うん、間違《まちが》ってる気がする。

でも「緊張《きんちょう》する」と言っていた紗良《さら》さんが笑ってくれたら、それで正解なんだ。

さあ明日は夏祭り本番。

実は「ピアノの演奏を撮影したいけど、写真も撮《と》りたい、手が足りない！」と安城《あんじょう》さんに泣きついたら、さくらWEBにあるオデコに固定できるカメラ……アクションカメラと呼ばれるものなんだけど、それを貸してくれると言ってくれた。

メン地下の人たちが旅行の映像を俺に渡《わた》してきたとき、ものすごく音も映像も良かった。それで聞いてみたら、使っていたのはアクションカメラだった。

安城《あんじょう》さんはメン地下の人たちが使っているものより高くて良いものを俺に貸してくれると約束してくれた。やったー!!

iPhoneはあまり音が良く撮影できない。

マイクだけでも買おうかなと悩《なや》んでいたので、すげー嬉《うれ》しい。夏祭りの前に借りに行く！

くくく……。俺は最高画質で紗良《さら》さんを撮影《さつえい》する！

俺と紗良《さら》さんは笑いながらピロピロ笛を吹《ふ》きながら駅に向かった。

第15話　震《ふる》える指先

音が跳《は》ねている。

ぴょん、ぴょん、と嬉《うれ》しさを我慢《がまん》できずにスキップするように。

お父さんが弾《ひ》くピアノはいつだって音が踊《おど》って見えた。

ひとつ鍵盤《けんばん》を押して、その次へ。その小さな隙間《すきま》で「遊ぼう」って音が言っている。

私がそう言うと「音はおしゃべりだから、隙間《すきま》しかお話しできないんだ」と笑った。

私もそんな風に遊びたい。音はきっと、音と音の間に遊びにいく時間があって、そこが遠いか近いか、どんな色が付いてるか、笑ってるか、泣いてるか、それがきっと音色なんだ。

お父さんの音色、大好き。


「おねーちゃん、寝《ね》ながら笑っててキモいんだけど」

「……え、やだ……って友梨奈《ゆりな》！　なんでまた部屋に入ってきてるの！」

「おはよ。ねえ、今日何時から弾《ひ》くの？　私塾《じゆく》だけど、演奏は聴《き》きたいから行きたいの」

「もお。18時からよ」

「おっけー！　じゃあ、いってきまーす」

そう行って友梨奈《ゆりな》は私の部屋から出て行った。

私は相変わらず奔放《ほんぽう》な友梨奈《ゆりな》にため息をついて、布団《ふとん》から出た。

今日は商店街の夏祭りで久しぶりにピアノを弾《ひ》く。

あまりに指が動かなくて何度もイヤになったけど、陽都《あきと》くんが時間がある時は顔を出してくれて応援《おうえん》してくれた。

それに久しぶりに顔を出したジャズバーや、商店街の皆《みな》が優《やさ》しくて楽しくて……もう今日はただ楽しみ。

上着を羽織って一階に行くと、お母さんは準備をしていた。

「おはよう、お母さん」

「おはよう紗良《さら》。これから私、夏祭りの朝準備に顔出しするわ。その後大阪行って支援《しえん》者さんの結婚式《けっこんしき》でスピーチ！　ピアノは聴《き》けそうにないわ、ごめんね」

「ううん。別にピアノ弾《ひ》くだけだし。いってらっしゃい」

「いってきます！　あとで映像見せてもらうから！」

「いいよ、別に」

お母さんが音楽に全く興味がないことを知っているし、なんならお父さんの音楽趣味《しゅみ》を強制的に終わらせたのもお母さんだ。

でも今更《いまさら》それについて文句をいう気もなく、お母さんはそういう人なのだという理解に落ち着いた。

お母さんは服やメイク道具をカバンに投げ込みながら、

「まあ正直言うと、音楽は全然分からないわ。でも紗良《さら》って娘《むすめ》が、なんか人間に感じて」

「何なのそれ」

「今まで紗良《さら》はあまりに問題がなくて。でも最近は『こんな子だったの』の連続で。それが私はすごく新鮮《しんせん》。今までとは違《ちが》いすぎて『別の人間』だと感じるわ。それは友梨奈《ゆりな》もね。でもこれこそが思春期の子育てなのかしらね……あ。これ講演に使えそう。文科省の思春期の親プログラムに私も参加したんだけどね、あ、車が来た、行くわね」

「……いってらっしゃい」

お母さんは荷物を抱《かか》えてバタバタと出て行った。

娘《むすめ》に向かって「人間」って。もう本当にあの人は何を言ってるんだろう。

最後には「講演に使えそう」って、あまりにお母さんらしい。

前ならもっと悲しかったけど、最近は頼《たよ》る人も、分かってくれる人もいる状況《じょうきょう》で心に余裕《よゆう》があり「変な人ね」という感覚に近い。

まあ気にしても仕方がないと私は自分のために朝ご飯を作り始めた。

スマホを見ると、陽都《あきと》くんからLINEが入っていた。『18時ね!? それより前に始めたりしないよね!?』私はそれを見て笑ってしまう。そして『18時』と返した。

陽都《あきと》くんは今日、さくらWEBで安城《あんじょう》さんに「今回の総括《そうかつ》」に呼ばれているようで、それが終わり次第《しだい》夏祭りに来ると言った。

「さくらWEBの企画《きかく》、楽しかったなあ」

私のスマホの壁紙《かべがみ》は今、さくらWEBの企画《きかく》で変身した昭和のおじさんだ。

なんだか可愛《かわい》くて愛着がわいてしまった。横に陽都《あきと》くんが笑顔《えがお》で立っている。

私はそれを見ながら、ゆっくりと朝食を摂《と》った。


「紗良《さら》ちゃん、おはよう！　お母さんもう帰ったよ。今から大阪だって？　相変わらず忙《いそが》しいわねえ」

銭湯のおばあちゃんは私を笑顔《えがお》で向かえてくれた。夏祭りは昼からだけど、準備も大切なので朝ご飯を食べ終えてからすぐに来た。私は上着を脱《ぬ》いでカゴに入れながら、

「支援《しえん》者の方の結婚式《けっこんしき》に出るそうです」

「松島《まつしま》建設さん、大阪の臨海部再開発かなりの規模受注してるからねえ」

「最近は関西と東京をずっと移動してますね」

「松島《まつしま》さんあっちで儲《もう》けてこっちに持ってきてるから大事よ。花江《はなえ》さんは言うだけじゃなくて、ちゃんと動くから偉《えら》いんよ。さて準備しようか」

「はい！」

お母さんは世に言う「良《い》いお母さん」じゃないかも知れないけれど、いつだって負けそうに

なると勝つ人に引《ひ》き抜《ぬ》かれる。政治家に最も必要なのはきっと嗅覚《きゅうかく》。この人に付いていこう、この人は危ない、それを一瞬《いっしゅん》で感じ取る感覚が大切な気がする。お母さんはきっとそれを持っているし、それこそが才能だと思う。

私はパンツを膝《ひざ》の上までまくり、靴下《くつした》もカゴに入れてデッキブラシを持った。

今日の夏祭りでは、銭湯で足湯をして、そこでバンドの演奏会をするのだ。

湯船の中に金属製のベンチを入れて、足首程度までのお湯にして、足湯にする。

まずはデッキブラシで銭湯の中を磨《みが》く。椅子《いす》はこのあとジャズバーの楠木《くすのき》さんたちが持って来てくれるので、それまでにピカピカにしないと！　ここはあとで楽器も持ってくるし、お客さんも入ってくるし……と磨《みが》いていたら、開け放たれている天窓から、子どもたちの歌声が聞こえていた。しかも、ものすごく聞きなじみがある。

思わず歌いながらデッキブラシを動かしてしまう。

「……今日もみなさん、おはようございます～！　たのしい一日のはじまりです～！　……わあ覚えてます」

「裏の幼稚《ようち》園《えん》、お祭りの日と参観日くっ付けるから、みんな来てるのよ。紗良《さら》ちゃんがあそこに通ってたの何年前？　それでも覚えてるの？」

「不思議ですね、十年くらい前なのに、歌も歌詞も、完璧《かんぺき》に覚えてます」

この銭湯の裏側には私が通っていた幼稚《ようち》園《えん》がある。

この幼稚園《ようちえん》に通っていた時にお父さんが亡《な》くなってしまったのもあり、個人的には苦しい思い出のほうが大きかった。

でも陽都《あきと》くんが夏祭りの準備を一緒《いっしょ》にしてくれて、少し気持ちが楽になってきた。

歌声を聞くと懐《なつ》かしくて、色んなことを思い出してしまう。

デッキで床《ゆか》を磨《みが》きながら、

「幼稚園《ようちえん》が終わった時……ここの裏で、木を割った覚えがあるんですけど」

「そうそう！　昔は薪《まき》で沸《わ》かしてたのよ。でもそれもできなくなって今はガスだけど、あの頃《ころ》は薪《まき》だった。そう、最後の頃《ころ》かも」

「なんかお父さんがすごく楽しそうに薪《まき》を割っていた姿だけ覚えてます」

「その写真もあるよ～」

そういっておばあちゃんは私にアルバムを開いて見せてくれた。

そこには薪《まき》を割って笑顔《えがお》のお父さんと、横でそれを並べて遊んでいる私が写っていた。

おばあちゃんはアルバムをペラペラとめくり、

「ほら、ここに紗良《さら》ちゃんと陽都《あきと》くん、載《の》せたのよ」

「！　この前の。写真撮《と》ってたんですか」

「もうふたりが仲良しでばあちゃん嬉《うれ》しくて撮《と》ってたの。良《い》い写真でしょ？」

「わ――、ありがとうございます！」

私とお父さんの写真が入っているアルバムの最後に、この前陽都《あきと》くんと私がここの掃除《そうじ》をした時の写真が入っていた。

こんな風にひとつのアルバムに入れるの、嬉《うれ》しくて仕方がない。

「わあ、すごい。銭湯の中にバーが移動してきましたね！」

「ビールサーバーに、手作りの梅酒、バーボン……お店で出せるものは全部出せるよ」

「すごいですね！　それに足湯も良《い》い匂《にお》いです……」

銭湯のおばあちゃんはお湯に触《ふ》れながら、

「若い子に来てほしいからグレープフルーツの匂《にお》いにしたわ」

と言って微笑《ほほえ》んだ。

昼の12時から始まった夏祭りは好評で、今日は100円で入れてドリンク付きの銭湯は若いお客さんがたくさん入ってきた。

私は「ここで荷物を置いてください」とか「ここで足を拭《ふ》けますよ」とか、銭湯の基本的な流れをお客さんに説明してすごした。

子どもを連れたお父さんとお母さんと子どもが三人で同じ湯に足を入れて、泡《あわ》多めに設定したバブル足湯に、子どもは大はしゃぎしていた。

中学生たちは、はじめて銭湯に来たと笑い、コーヒー牛乳の瓶《びん》の写真を「レトロ可愛い」と撮《と》っていた。なるほど……。瓶《びん》は割れるしかさばるし、回収を頼《たの》むのも面倒《めんどう》で、紙パックの自動販売《はんばい》機にしようかなとおばあちゃんは言っていたけれど、むしろ瓶《びん》のシリーズを増やしたほうが集客に繋《つな》がるのかも知れない。

そして思ったより好評だったのが、近くの市民農場で採れたもので作った焼《や》き芋《いも》だった。

今銭湯のボイラーは使わないままになってたけど、そこを使って焼《や》き芋《いも》を作れるのではないかと多田《ただ》さんの息子《むすこ》さんが提案してくれたのだ。

試《ため》しにやってみたら、すごく美味《おい》しくできて大好評！　ふわふわの焼《や》き芋《いも》とジュースはよく売れた。

そして17時をすぎてそろそろライブの時間が近づいてきた。

私は山に出かけた時に着ていた白いワンピースに着替《きが》えた。陽都《あきと》くんが可愛《かわい》いと絶賛してくれたから、今日も着てみたんだけど……周りを見渡《みわた》しても陽都《あきと》くんの姿が見えない。

ＬＩＮＥを見ても入ってない。ひょっとして迷ったり……と思ったけれど、陽都《あきと》くんはマップに強いからそれはない。

高い場所に上っていた太陽が落ち着いて、ほんの少しオレンジ色の空になるころ、準備は整った。思ったよりお客さんが集まってきて緊張《きんちょう》してきた。もう時間は17時半。陽都《あきと》くん……？

私は緊張《きんちょう》してきてしまい、冷たくなってきた指先を握《にぎ》った。

第16話　世界イチ愚《おろ》かで、譲《ゆず》れないもの

今日は夏祭りがある日だ。

でもその前に安城《あんじょう》さんが「ピアノ演奏、撮影《さつえい》するんでしょ？　アクションカメラ貸してあげるから、今回の総括《そうかつ》もしよ」と言われてさくらＷＥＢに来た。

さくらＷＥＢのコラボは大成功に終わり、俺たちが発案した吹《ふ》き出《だ》しシステムは、結局本放送前の再放送に定着するようだ。

そこが一番人が多く、盛り上がることが分かったらしい。

安城《あんじょう》さんはファイルを見ながら、

「いやー。ＪＫコンで出してたのが青春全開！　みたいなヤツだったから、もっと青臭《あおくさ》いことしてくるだろうなって思ってたのに課金システムを研究してきたの、すげー意外だったよ」

「あれは部活部門のＪＫコンだったので。今回中園《なかぞの》の目的は『トップ10入りして目立ちたい』だったので、発想を変えました。目標を決めたなら、それが叶《かな》うものを作りたいなって」

安城《あんじょう》さんは俺の顔を見てニヤリとして、

「目的地の分析《ぶんせき》もできるのいいね。大事なことだ」

俺は安城《あんじょう》さんに実は夜の街でバイトをしてたこと。そしてホスト相手にお店の紹介《しょうかい》動画を作ったりしてたことを話した。ホストの人たちがランキングで争うための動画も何個か作った

んだけど、よく考えたらあれも本人がすげーカッコイイ動画を作るより、現時点でメチャクチャ売れてる人の動画にちょこっと出るほうが、本人の視聴者数《しちょう》が上がったのを思い出した。

結局認知《にんち》されないと、どれだけ気合い入れたものを作っても目にも留《と》めてもらえない。

俺の中にどこかそういう感覚は育っていたのかも知れない。

安城《あんじょう》さんは俺の横の椅子《いす》でフリスクを食べながら、

「陽都《あきと》はやっぱ面白《おもしろ》いな。将来どうすんの？ うちに来る？」

「映像やりたいのは決まってて。だったら最大手はテレビ局かなって思うんですけど、安城《あんじょう》さんテレビ局で働かれてたんですよね。テレビ局ってどうやったら入れるんですか？」

「映像やりたくて局なあ。あー……。陽都《あきと》このあとまだ大丈夫《だいじょうぶ》？ 将来に必要な会議見せてやるから、ふちで話聞いてろよ」

「夕方には行きたい所があるんですけど」

「俺たちも後ろあるから三時には終わる。あ、その服装だとダメだから上着だけホタテに借りるか」

そう言って安城《あんじょう》さんは立ち上がった。

言われてみたら今日の安城《あんじょう》さんははじめて会った時と同じような高そうなスーツを着ていた。

なるほど。外部の人と会う時だけはスーツなんだな。

俺はホタテさんが貸してくれたスーツのジャケットだけ羽織った……と思ったら、すんげー重たい。よく見たら夜の街の人たちが着てる高いブランドのものだった。さすがホタテさん、社長さんだ！

俺は呼ばれるままに安城《あんじょう》さんと歩き始めた。

「(……すげー空気が重いなー……)」

俺ははじめて入るさくらWEB地下室にある会議室で身体《からだ》を固くした。

今日はなんか高そうなスーツを着た人たちがたくさんいる。何度か4BOXの会議に出たことがあるけど、ジャケット必須《ひっす》じゃないし、もっと気楽な雰囲気《ふんいき》だった。

やっぱりこういう大人しかいない会議は緊張《きんちょう》する。

司会者が前に立って会議が始まった。

「揃《そろ》ったみたいなんではじめていきますね。資料はいつもの場所です」

俺はさっき貰《もら》ったアカウントで、サーバーに入って資料を開く。俺が聞いたほうが良《い》い会議ってどういうことなんだろう。

見るとそれは4BOXの内容が書かれていた。

4BOXはさくらWEBで安城《あんじょう》さんとホタテさんが立ち上げた番組で、4BOXという名の通り、四つの部屋に四つの思考を持った人たちが入り、同じ目標に向かうリアリティー番組だ。

基本的に女性ふたり、男性ふたりが出演するフォーマットになっている。

リアリティー番組というと恋愛《れんあい》が多かったけれど、安城《あんじょう》さんたちの企画《きかく》は切磋琢磨《せっさたくま》して夢を目指すものや、企業《きぎょう》からお金を引き出すのが目的なものも多く、人生一発逆転をかけて、みんな本気で戦っている。

それが面白《おもしろ》くてWEB番組だけど視聴《しちょう》者が多く、この番組出身の人が民放局で番組を持つほど人気番組だ。

始まった会議の内容を聞く限り、どうやらこの会議はその4BOXという番組を民放テレビ局で流すために、色々カタチを考える……ようだ。

部屋にはさくらWEBのスタッフと、テレビ局の人、そして芸能事務所の人たちが来ている。テレビ局のロゴが入った封筒《ふうとう》を持っているおじさんは中から書類を出しながら、

「泉《いずみ》プロの杏《あん》ちゃんOK。でも杏《あん》ちゃん入れるなら、凜久《りく》くんもセットで！　って泉《いずみ》さんが譲《ゆず》らないんだよね～」

その言葉に安城《あんじょう》さんが反応する。

「4BOX内で同じ事務所の子を同時に使わないって決めてるんですよ」

「前から思ってたけどそれって意味あるの？」

「本気で戦うのが4BOXの良《い》い所で、四人中二人が同じ事務所ってだけで視聴《しちょう》者はヤラセを感じるんですよ」

「杏《あん》ちゃん女の子で、凜久《りく》くん男だから良《い》いじゃん」

「そういうことじゃないんです、視聴者《しちょう》の感覚の問題です」

テレビ局のおじさんは封筒《ふうとう》を団扇《うちわ》にしながら「そーかな」と言った。

どうやら出演する子を決めているんだけど、ひとり、人気のある子を使わせるから、もうひとりセットで入れさせてくれ……そう言っている。

4BOXはいつもギスギスしてて、だからこそ見える素顔《すがお》や言葉が良《い》い番組だ。

同じ事務所の子と聞くと、たしかに最初から知り合いでは……と思ってしまう気がする。

テレビ局のおじさんは書類の束を手持《ても》ち無沙汰《ぶさた》に丸めながら、

「祐子《ゆうこ》ちゃんのが数字持っててオススメなのに、杏《あん》ちゃんのが良《い》いんでしょ？」

「杏《あん》ちゃんは4BOX出るために前回1位取りましたからね。視聴《しちょう》者裏切れません。ていうか単純に男は二人決まってるので凜久《りく》くん入れられないですよ」

「今回は男三人、女一人でどうかな。そういう4BOXも悪くないと思うけど。だって視聴《しちょう》者は女が9割なんだろ。男が多い方が良《い》いだろう。それに凜久《りく》くん今を時めくアイドルグループ、グリーンショコラで三番人気だよ。お願いして出させてもらいたいくらいじゃない？」

「現場で結構なトラブルを聞きますけど、ちゃんと仕事しますか、凜久《りく》くん」

「どんな子でも上手《うま》く使うのはそっちの仕事でしょ。凜久《りく》くんね、五泉重工の部長の息子《むすこ》だよ？　木曜の映画枠《わく》話せるかも」

ビジネスだと聞かされてるけど、それでも……と思ってしまう。

会議が始まって30分。誰《だれ》と誰《だれ》をセットで出すか、誰《だれ》が問題を起こしているか、誰《だれ》がお金も持ってこれるのか……の話ばかりで、内容には全く触《ふ》れていないどころか、4BOXというフォーマットをぶち壊《こわ》しにきている。

そもそも4BOXは男ふたり、女ふたりが基本フォーマットだ。

そこまで崩《くず》すなら、別の番組名で好きにすればいいのにと思うけど、それは全然利益がない話だから絵空事だと俺にも分かる。

4BOXというタイトルを、双方《そうほう》が納得《なっとく》する形で局でスポンサーを集めて流すことに意味がある。ホタテさんが顔を上げる。

「4BOXをふたつ。8人で始める形にしてサバイバル形式だということにして、仕事をしなかったら凛久《りく》くん側が外れるというのを、視聴《しちょう》者側が見られる形……なら問題ないってことね」

「それなら凛久《りく》くんの問題だねえ、僕の責任じゃない」

安城《あんじょう》さんは、

「じゃあ逆に木曜の映画枠《わく》を押さえてもらえますか？　そこで初回スペシャル打てる確約ください」

「仕方ない、なんとかしてあげるよ」

テレビ局側の人たちが候補生を増やせるということで、芸能事務所の人たちに声をかける。

次々にアイドルや俳優の写真がアップされて、人の出入りが激しくなった。安城《あんじよう》さんたちは4BOXから8BOXになるということで、企画《きかく》部の人たちにメッセージを打つ。すると企画《きかく》部の人たちが『もういっそ二十人くらいにして無人島行きますか』と書き込んでくる。

俺は会議を見ながら思う。

安城《あんじよう》さんたちは、とにかく面白《おもしろ》いことを考えるのが仕事。

テレビ局の人たちは、面白《おもしろ》いと言われているものを、色んな人たちの文句がない状態で金にするのが仕事。

映像で食べていきたいならテレビ局。そう簡単に思っていたけれど、色んな人が集まって、色んな思考がひとつになって商売として成り立っている。

そんなこと全然知らなかった。

「そこまで気がつけるなんて、やっぱり俺の陽都《あきと》は頭がいいな」

「俺の陽都《あきと》……若干《じやつかん》キモいんですけど、スルーします。俺、戦略練るのは好きですけど、あれは違《ちが》いますね。映像作りじゃない。目指すのはテレビ局じゃない。やっぱり俺、安城《あんじよう》さんとずっと仕事がしたいです」

「そういってほしくて会議に出しちゃった。悪い大人でごめんね」

「いえ。でも行きたい方向性がハッキリ見えてきて助かりました」

安城《あんじょう》さんはジャケットとワイシャツを脱《ぬ》ぎ捨《す》てて椅子《いす》にあぐらを組んで座り、

「この業界入るなら、大学は行ったほうがいい。大学のゼミで知り合った仲間はみんな映画にテレビにプロダクション、関係各所にいる。OBってやつだ。関係を作るためだけに大学にいくんだよ。大学の繋《つな》がりは働き始めてからのが強い。そういう知り合いを作る場所。ホタテも、今日会議にいた局の皆元《みなもと》さんも同じゼミ出てるんだぜ」

「なるほど、そういうことですか」

「会議で分かっただろ。結局ひとりで1兆円集められない限り、色んな場所に知り合いがいるほど強いんだ。お金持ってくる人、それを使う人、アイデアを出す人。全員の主張と仕事があって物が作れるからな。とりあえず俺が行った大学のゼミ目指したら？　紹介《しょうかい》するよ」

「はい」

俺は頷《うなず》いた。

行きたい道がハッキリと見えてきて、ワクワクする。

そして安城《あんじょう》さんは「ひとりで撮《と》るならこれが一番」とアクションカメラを貸してくれた。なんと頭に取り付けられる！　写真も撮《と》りたかったから嬉《うれ》しい！　俺はそれを持ってさくらWEBを出て電車に飛び乗った。

早く行けたら夏祭りを手伝ったり、一緒《いっしょ》に回ったりしたかったけど、会議があまりに楽しすぎて最後まで出てしまった。でもまだ時間は16時すぎで、18時からのライブには余裕《よゆう》で間に合う。まだ一時間あるから少しでも会場の準備を手伝いたいな……と考えていると駅に到着《とうちゃく》した。

ホームを歩き南口に出ようとしていたら、反対側のホームを友梨奈《ゆりな》さんが歩いているのが見えた。

お。友梨奈《ゆりな》さんも紗良《さら》さんのライブを見にいくのか……と思ったら、友梨奈《ゆりな》さんの後ろを歩いている人影《ひとかげ》が見えた。

身長が高くて上下黒を着ていて、身体《からだ》ががっちりしているように見える。

俯《うつむ》いていて、妙《みょう》な雰囲気《ふんいき》だ。

俺は立ち止まって、その男が誰《だれ》なのか確認《かくにん》する。


……匠《たくみ》さんだ。


身体《からだ》にぞわりと鳥肌《とりはだ》が立った。

暴力をふるい、別れた男が友梨奈《ゆりな》さんの後ろを歩いている。

俺はスマホを取り出してインスタを立ち上げ、友梨奈《ゆりな》さんにビデオチャットで繋《つな》ぐが出ない。

通知をオフにしてるのかも知れない。

紗良《さら》さんに……と思ったけれど、もう準備中だろうし、連絡《れんらく》するより直接追ったほうが早い。

この駅は、線路をセンターに俺がいる上りホームが南口、友梨奈《ゆりな》さんと匠《たくみ》さんが歩いている下りホームが北口に直結している。

北口から南口に渡《わた》る改札は踏切《ふみきり》が閉まっていて、どんどんふたりが遠ざかって行くのが小さく見えた。

友梨奈《ゆりな》さんは後ろから来ている匠《たくみ》さんに気がついているのか、いないのかも分からない。

小さくなるふたりを見ながら、踏切《ふみきり》が開くのを待つが、上りしか電車が来ない表示だったのに、下りのライトも付いて待つのを諦《あきら》めた。

踏切《ふみきり》前から移動を始めて、地下通路を探す。それは結構離《はな》れた場所にあり、そこまで全力で走る。心臓がバクバクと音を立てていて、口を大きく開いて息を吸った。

匠《たくみ》さんは炎上《えんじょう》したあと、ＳＮＳのアカウントを全て消していた。

お父さんも市長選から下ろされて、なんだか大変なことになっている……そこまでは知っていた。

友梨奈《ゆりな》さんと待ち合わせ……？　それならもっと前に一緒《いっしょ》に歩き始めてるだろう。

これは絶対に変だ。

俺は全力で地下通路を走り北口に出て、ふたりが歩いていったほうに向かう。

走りながら気がついたけど、紗良《さら》さんがライブを行うジャズバーは南口にある。家も南口だ。だから北口を友梨奈《ゆりな》さんが歩いてるのはおかしい。バーに向かうなら踏切《ふみきり》を渡《わた》って南口に来るはずだ。

それなのに、どんどんジャズバーから離《はな》れていっている。

ひょっとして友梨奈《ゆりな》さん、追われてることに気がついてる……？

もしかして……。嫌《いや》な予感がして俺は必死に走る。

商店街を走《はし》り抜《ぬ》けて大きな道に突《つ》き当《あ》たる。心臓がバクバクと大きな音を立てて息が苦しい。

左右を見て目をこらす。どっちだ、どっちに行った……⁉

そして少し離《はな》れた歩道橋を歩いている友梨奈《ゆりな》さんを見つけた。その後ろを匠《たくみ》さんが歩いている。

俺は本気を出して走り始めた。道は幹線道路の歩道で、アスファルトが木の根のせいでボコボコしている。

だからメチャクチャ走りにくいけど、そんなこと言ってる場合じゃない。

嫌《いや》な予感がして、自分の心臓の音しか聞こえなくなっていく。

耳が遠くなり、横を走っている車の音も聞こえない。

車が走《はし》り抜《ぬ》けるたびに強風が吹《ふ》いて、それだけで身体《からだ》がグラグラする。

くそ、間に合ってくれ！

歩道橋を一段飛ばしで駆《か》け上《あ》がる。最近走ってなかったから足が重い、マジで配達のバイト減らして運動量が減っている。

膝《ひざ》がガクガクして身体《からだ》を支えきれず、思わず歩道橋に手をついて、それでも顔を上げてふたりを追う。

見失ったらお終《しま》いだ。

歩道橋の向こう側の道……ついに友梨奈《ゆりな》さんが走り出した。その速度がメチャクチャ速くて俺は驚《おどろ》いた。

そうだ、友梨奈《ゆりな》さんはすごい足が速いって紗良《さら》さんが言ってた。そして匠《たくみ》さんは身体《からだ》が大きく、友梨奈《ゆりな》さんに遠慮《えんりょ》無く走り寄っていく。

駄目《だめ》だ、絶対に駄目《だめ》だ‼ 俺は全力で走って走った。

友梨奈《ゆりな》さんの目の前の信号が赤になり、右折して逃《に》げようとする。匠《たくみ》さんが手を伸《の》ばして友《ゆ》梨奈《りな》さんの髪《かみ》の毛《け》を掴《つか》んだ。

友梨奈《ゆりな》さんが悲鳴を上げて引っ張られて尻餅《しりもち》をつき、座り込んだ瞬間《しゅんかん》、俺は追いついて叫《さけ》ぶ。

「お前、本当に‼」

そのまま匠《たくみ》さんの背中を掴《つか》んで、地面に押しつけた。

匠《たくみ》さんは俺に掴《つか》まれてそのまま地面に膝《ひざ》をついた。

俺は友梨奈《ゆりな》さんの方を見て叫《さけ》ぶ。

「友梨奈《ゆりな》さん、大丈夫《だいじょうぶ》⁉」

友梨奈《ゆりな》さんは髪《かみ》の毛《け》に触《ふ》れて、その場に座り込んだ。

顔面真っ青で震《ふる》えている。それでも口を大きく開いて、

「……やりやがった、ざまあ!!」

匠《たくみ》さんは地面に座り込んだ状態で、

「髪《かみ》の毛《け》摑《つか》んだだけじゃねーか!!　離《はな》せクソが、俺は友梨奈《ゆりな》と話したいのに友梨奈《ゆりな》が会わないから話がしたくて追ってただけだ」

「すいません、誰《だれ》か、警察お願いします、今すぐに!!」

友梨奈《ゆりな》さんが叫《さけ》ぶと自転車で通《とお》り掛《か》かっていた人たちが立ち止まり、スマホで連絡《れんらく》。

そして目の前のコンビニから店員たちが出てきて、友梨奈《ゆりな》さんを店内に入れてくれた。

俺の膝《ひざ》の下で匠《たくみ》さんは「何もしてねーだろ!!」と叫《さけ》んでいる。

走りすぎて息が苦しくて、吐《は》き気《け》がする。足が重くてその場から立ち上がれない。

でも絶対匠《たくみ》さんを地面に押しつけている身体《からだ》も、手も動かすことはできない。

俺が汗《あせ》だくで疲《つか》れ果《は》てているのを見て、匠《たくみ》さんの周りに数人の男性が座り込み見張りをはじめた。やがて匠《たくみ》さんは動くのをやめて地面で静かになった。

俺はもう疲《つか》れて、匠《たくみ》さんを押しつけていた体勢を解いて、地面に座り込んで大きなため息をついた。

……捕《つか》まえられて良かった、止められてよかった。

俺は背中にリュックを背負ったまま、地面に転がって息をした。

汗《あせ》が引く頃《ころ》にはパトカーがきて、匠《たくみ》さんはパトカーの中に連れて行かれた。

俺は警察の人に経緯《けいい》を説明した。このまま警察署に……という雰囲気《ふんいき》になり、俺は叫《さけ》んだ。

「あのすいません、俺と……あの、コンビニの中に避難《ひなん》してる女の子、友梨奈《ゆりな》さんなんですけど、同じものを見に来てて！　それだけ見に行ってもいいですか？　その後すぐに警察に行きますから」

もう紗良《さら》さんの演奏が始まる15分前だった。

警官の人も、夏祭りの会場から来たらしく、すぐに理解してくれて、とりあえず匠《たくみ》さんだけ警察に連れて行き、俺たちは演奏後に警察署に行くことになった。

匠《たくみ》さんがパトカーに乗って去ったあと、コンビニから友梨奈《ゆりな》さんが出てきた。

さっきまで興奮状態で叫《さけ》んでいたけれど、今は完全に憔悴《しょうすい》しているように見える。

髪《かみ》の毛《け》もグシャグシャだし、顔色も悪い。

俺たちはゆっくりとジャズバーに向けて一緒《いっしょ》に走り始めた。俺は友梨奈《ゆりな》さんのほうを見て言う。

「……走れる？　髪《かみ》の毛《け》引っ張られた所、大丈夫《だいじょうぶ》？　他に怪我《けが》はない？」

「うん、平気。ありがとう」

友梨奈《ゆりな》さんは小さく頷《うなず》いた。

俺は少し速度を落として友梨奈《ゆりな》さんのほうを見る。

「それで……いつから気がついてたの？　匠《たくみ》さんが付いてきてるって」

「……駅」

俺はその言葉を聞いて立ち止まる。

「俺が現行犯じゃないと暴行罪は捕《つか》まえられないって言ったから、手を出させようと思った？」

友梨奈《ゆりな》さんは立ち止まって、左右にブンブンと首を振《ふ》って、

「悔《くや》しかったんだもん！　だってお母さん何もしないんだもん。このまま話が消えていけばみたいな感じで話もしなくなったの許せない。だったら私がするしかないじゃない!!　だから後ろを付いてきてるのを見て、そのままコンビニとかに逃《に》げこめば良いと思ったんだもん、現行犯でしょ!?」

「友梨奈《ゆりな》さん、悪いコトするやつはさ、目の前で何かしないんだよ。捕《つか》まえて、離《はな》れて、離《はな》れて、ビルの影《かげ》とか、人目に付かないところで、そこまで連れ込んで一生物の傷を友梨奈《ゆりな》さんに残す」

「っ……」

「悪いのはあの男だよ。友梨奈《ゆりな》さんに酷《ひど》いことをした。間違《まちが》いなく悪い。でもそれに気がついて罠《わな》を張るなんて、絶対にしちゃいけない。絶対に。危ない。本当に、絶対駄目《だめ》だ。気がついたらすぐに知り合いがいる所に逃《に》げないと」

「アイツが勝手に付いてきたのを利用しただけ。アイツが最初に私に悪いことしてるのに!!」

「それで友梨奈《ゆりな》さんが傷ついたら、意味なんてないんだよ。友梨奈《ゆりな》さんが一番大切でしょう」

俺がそう言うと友梨奈《ゆりな》さんは唇《くちびる》を噛《か》んで涙《なみだ》をポロポロとこぼし始めた。

そして、

「これでアイツ捕《つか》まる?」

「……現行犯だからね。どこまでするか……は友梨奈《ゆりな》さん次第《しだい》だけど」

「誰《だれ》もアイツを葬《ほうむ》ってくれないから、私がするしかないと思ったのよ。逃《に》げ得、負け得なんて許さない。私がトドメをさして、終わりにしたかったの、どうしても。だから状況《じょうきょう》を利用しただけ」

「友梨奈《ゆりな》さ……」

「でも!!」

友梨奈《ゆりな》さんは涙《なみだ》を拭《ふ》いて俺の方を見た。

こすった目は真っ赤で充血《じゅうけつ》していて、まつげは涙《なみだ》で濡《ぬ》れていて、口元が震《ふる》えている。

「メッチャ怖《こわ》かったから、さすがに無理だって学んだ。ちょっとナメてた。ふつーに危なかった」

「……そうだよ。もう、……そうだよ、駄目《だめ》だよ」

俺がそう言うと友梨奈《ゆりな》さんは再びポロポロ涙《なみだ》を流しながら走りはじめ、

「合気道とか、柔道《じゅうどう》とか、ボクシングとか、やる。こんな方法じゃ駄目《だめ》だ、私が痛い方法じゃ、駄目《だめ》だ。その場で確実に仕留める。もう二度と負けない」

「……そっちに行くんだ……ていうか、そういうのしてても無理だって聞くよ、咄嗟《とっさ》だと」

「……お姉ちゃん怒《おこ》るかな？」

「ガチ切れすると思う。覚悟《かくご》したほうがいい」

「罠《わな》はったの、秘密にしたら？」

「友梨奈《ゆりな》さんはまたするから、俺が全部言う」

「融通《ゆうづう》きかねぇなあ、これだからクソ真面目な男は……」

そう言った友梨奈《ゆりな》さんの表情は泣き顔だけど、クシャクシャな笑顔《えがお》で、やはりどこかスッキリしていて。

それでもどこか悲しそうで怯《おび》えていて、俺は無言で背中に手を置いた。

すると友梨奈《ゆりな》さんは俯《うつむ》いて走りながら、

「……ごめんなさい……ごめんなさい……すいませんでした……」

「悪いのはあの男だよ。でも良かった、偶然《ぐうぜん》見つけられて。本当に良かった、助けられて、良かった」

スマホで時間を確認《かくにん》すると、17時50分。

あと10分でライブが始まってしまう。これはもうアウトかもしれない。

電話で連絡《れんらく》を……と思うけど、もう始まる直前だ。それに足が速い俺と友梨奈《ゆりな》さんなら、全力で走ればギリギリ間に合う。いや、間に合わせる！

今紗良《さら》さんに連絡《れんらく》をすると、なぜこんなに遅《おそ》くなったのかと心配させてしまうかもしれない。でも来ないと思ってほしくない。だって絶対に間に合わせるから！

俺はＬＩＮＥを立ち上げて『今すぐ行く！』と紗良《さら》さんにスタンプだけ送り、スマホをカバンに投げ込んで、友梨奈《ゆりな》さんの荷物も持ち、

「友梨奈《ゆりな》さん、ここからは全力で行こう。まだ間に合う！」

そう言って銭湯に向かって走り始めた。

第17話　塊《かたまり》に祝福を

私はスマホを見て時間を確かめる。17時30分……あと30分でライブが始まってしまう。チェロを弾《ひ》く楠木《くすのき》さんに、銭湯内は湿度《しつど》もあるし、演奏直前に音合わせをしようと言われているので、もうピアノの前に行く必要がある。私はスマホを受付に預けた。

陽都《あきと》くんは今まで待ち合わせに遅刻《ちこく》したことがない。人を待たせるのが嫌《きら》いで、むしろすごく早く来てしまうのだと言っていた。

それに練習もずっと付き合って応援《おうえん》してくれた。絶対に来てくれる。

だから大丈夫《だいじょうぶ》。そう自分に言い聞かせて銭湯の入り口に向かうと、

「あら、紗良《さら》ちゃん。紗良《さら》ちゃんよね？」

と声をかけられた。

振《ふ》り向くと、そこにご高齢《こうれい》のおばあちゃんが立っていた。私の名前を呼んでいるから私のことを知っている人……と思うけれど、思い出せない。おばあちゃんの横に立っていた小さな子どもがピョンとジャンプして、

「園長先生！　もうお風呂《ふろ》に入って良い？　中でジュースが貰《もら》えるって！」

と言って一瞬《いっしゅん》で理解した。私が通っていた幼稚園《ようちえん》の園長先生！　園長先生は目を細めて、

「紗良《さら》ちゃん……あらまあ……あんなに小さかったのに、こんなに大人になって。まあまあ、

元気なの？」

「はい、元気です。園長先生も現役《げんえき》でお仕事されてるんですか？」

私が幼稚園《ようちえん》に通っていた時もお年を召《め》していたけれど、あれから十二年、かなりご高齢《こうれい》になっていると思う。正直言うと、ものすごく身体《からだ》が小さくなっていて分からなかったのだ。園長先生は握《にぎ》りこぶしを作って腕《うで》を上下させて、

「元気元気！　今も幼稚園《ようちえん》で先生してるのよ」

その動きはあの頃《ころ》もよくしていた気がして、安心した。園長先生は話しながらふと壁《かべ》のポスターに目を留《と》めて、

「あら……ピアノ演奏って……紗良《さら》ちゃん今日の夏祭りでピアノ弾《ひ》くの？　あらまあ……まだ続けていたの」

そう静かに言った。私は久しぶりに夏祭りに参加していること、ピアノも最近また練習を始めたことを話した。園長先生は目を伏《ふ》せて、

「……あのね。もし機会があったら、謝りたいってずっと思ってたのよ」

「……え？」

「お遊戯《ゆうぎ》会のこと。今も忘れられないの。紗良《さら》ちゃん、あの時ピアノを弾《ひ》きたかったわよね」

その言葉に私の心がギュギュッと締《し》め付《つ》けられる。

ピアノを弾《ひ》く係がしたかったお遊戯《ゆうぎ》会。でも主役にされてしまって……あの舞台《ぶたい》のことは今

思い出しても辛《つら》い。強い光と前が見えない舞台《ぶたい》、何をしたのかも何ひとつ覚えていない。私という偽《いつわ》りの優等生を生み出した日。園長先生は続ける。

「あの時のことは今も覚えてるのよ。テレビの取材が入ることになってね。もうみんなが紗良《さら》ちゃんと友梨奈《ゆりな》ちゃんを主役にしようって言い始めたの。私止められなくてね……紗良《さら》ちゃんにそれを伝えた時にすごく落ち込んだ表情したんだけど、その後、そんな顔一度もしなかったのよ。だからね、悪いことしたなって思ってたの。でも音楽も続けていて、こんな素敵《すてき》な大人に成長していて安心したわ」

園長先生は静かに謝ってくれた。私は園長先生に大人になった私をちゃんと見てほしくて、

「もう大丈夫《だいじょうぶ》です。しっかり弾《ひ》きますから聞いていてくださいね」

と笑顔《えがお》で答えた。

園長先生は「良かったわ。頑張《がんば》ってね」と小さな子の手を引いて中に入っていった。

私は手を振《ふ》ってその背中を見送って……手をダラリと垂らした。

……もう大丈夫《だいじょうぶ》って、ちょっと嘘《うそ》だな。

園長先生の顔を見た瞬間《しゅんかん》に、あの舞台《ぶたい》のことを思い出して心臓が痛くなったのに、笑顔《えがお》を作って『素敵《すてき》に成長した自分』を演じてしまった気がする。

ううん。違《ちが》う。本当にあの頃《ころ》のことは乗《の》り越《こ》えた。そう言い切れるほど成長したと思う。じゃないと、ここに来てピアノを弾《ひ》くなんて選択《せんたく》できなかった。

園長先生に久しぶりにあって、しかも対面で謝られて分かった。

心の中に『塊《かたまり》』がまだある。

もう大丈夫《だいじょうぶ》だと思えるのに、変わったと思えるのに、触《ふ》れられると恐《おそ》ろしく痛む。

突然《とつぜん》足元がグラグラしてきて、幼稚園《ようちえん》のあの舞台《ぶたい》に時間が戻《もど》ったように緊張《きんちょう》してきた。

でももうライブが始まる時間だ。私は促《うなが》されるままピアノの前に座った。そして楠木《くすのき》さんがマイクを持ち、挨拶《あいさつ》をはじめた。

「みなさん、ご来場ありがとうございます。銭湯の目の前、半地下でジャズバーをしている楠《くす》木《のき》と申します。ジャズって何だよとおっしゃる方が多いと思いますが、まあ基本的にはカラオケです。カラオケより、ジャズバーって言ったほうがカッコイイのでそう言ってるだけで、音楽に関することなら何でも気楽に楽しめる場所です。完全防音で、どんなに下手でもお客さんが拍手《はくしゅ》してくれる自尊心を高められて長生きに最適なお店。タンバリンを叩《たた》きたいだけの幼稚《ようち》園《えん》児さんと、飲みたいだけのパパもOK。ビール一杯《ぱい》から気楽に来て下さいね」

そう楠木《くすのき》さんが挨拶《あいさつ》すると、笑い声と共に拍手《はくしゅ》が広がった。

メンバー紹介《しょうかい》がはじまり、私は立ち上がって頭を下げた。

でも心の奥に『塊《かたまり》』があって、笑《え》顔《がお》が上手に作れない、顔を上げられない。

どうしよう。こんな状態じゃピアノなんて弾《ひ》けない、やっぱり今からでも遅《おそ》くないから「無理だ」と言いたい。そう思った私の視界に、ピカピカと光るものが見えた。

慌《あわ》てて顔を上げると、一番奥……陽都《あきと》くんが、夏休みふたりでお出かけした時にプレゼントしてくれた駄菓子《だがし》の指輪を光らせて、手を振《ふ》って立っていた。

陽都《あきと》くんだ。陽都《あきと》くんが来てくれた。

私はぐっと上がって来た気持ちと、クシャクシャになる気持ちを抑《おさ》えきれない。

陽都《あきと》くんとメロンソーダを食べた後、帰る時に「全力で応援《おうえん》するよ」と言っていたけれど、まさかあれを持ってくるなんて。

陽都《あきと》くんは私の方を見て、指輪を振《ふ》り回《まわ》してピョンピョンとジャンプしている。

周りの子どもに「なにそれ！」と言われて、陽都《あきと》くんはそれを慌《あわ》ててポケットに隠《かく》した。

もう、目立ちすぎだよ……嬉《うれ》しいよ……ありがとう。

よく見ると陽都《あきと》くんのおでこに四角くてレンズみたいなものが見える。どうやらカメラのようだ。そして手にはスマホを持っている。きっとおでこで動画を撮《と》って、手で写真を撮《と》るのね。

動画撮影《さつえい》が大好きで、いつだって私のことを大好きでいてくれる大切な人。

さっきまで足元がグラグラして息が苦しくて指先が冷たかったのに、もう今は笑ってしまう。

気持ちが晴れて、よく見えるようになってきた視界に、笑顔《えがお》の楠木《くすのき》さんと、北野《きたの》さん、それに銭湯のおばあちゃんと、幼稚園《ようちえん》の園長先生が見えた。

みんながいる。

私は小さく笑ってしまった。

私ったら、何も変わってない。

すぐに不安になって、すぐに泣きたくなる子どものまま。

なにも、なにひとつ変わってないの。

心の奥に『塊《かたまり》』を抱《かか》えたまま。

でもね、気がついたの。

私には、今の私を愛してくれる人たちが、たくさんいる。

私はその人たちのことが好きだから。

だから、その『塊《かたまり》』を持っている私も愛せる。


息を細く吸い込んで天窓を見つめた。

楠木《くすのき》さんの指示で、電子ピアノに手を置いて、ゆっくりと弾《ひ》き始める。

この銭湯は昔ながらの建物で、天井《てんじょう》がすごく高い。そして壁《かべ》には昔から同じ作家さんが描《か》いている富士山《ふじさん》の絵。

私がトン……と鍵盤《けんばん》を押すたびに空間に音が広がる。

一度鳴らした音が、壁《かべ》に伝わり、天井《てんじょう》から抜《ぬ》けて空に広がった。

私はそれを聞いて音の世界に入った。

この曲はお父さんがよくあの店で弾《ひ》いていたものだ。私も幼稚園《ようちえん》よりもっと小さいころ……ピアノを弾《ひ》くお父さんの横でタンバリンを持って踊《おど》っていた。あの頃《ころ》のお父さんみたいに、私は今弾《ひ》けてるだろうか。

楠木《くすのき》さんは気持ち良さそうにチェロを弾《ひ》き、その横で北野《きたの》さんが全ての音を拾って見事に歌う。その場の空気を全部吸い込ませて、音楽に変わり、それが空に広がっていく。

ピアノを弾《ひ》く視界に幼稚園《ようちえん》の園長先生が見える。

演奏前に園長先生に会って、思い出したのは震《ふる》えるほど怖《こわ》かった舞台《ぶたい》、強い光、何も見えない観客席。

何も言えない私は、あの頃《ころ》となにひとつ変わらない気がして怖《こわ》くなった。

でも陽都《あきと》くんがいて、あんなに無邪気《むじゃき》に指輪を光らせて、あそこにいてくれる。

陽都《あきと》くんに出会えたから。

何も変わらない高校生活がはじまったと思ってた。だってみんな私のことを知っている。市議会議員の吉野《よしの》花江《はなえ》の娘《むすめ》。先生を通じてお母さんに私の行動はすべて筒抜《つつぬ》け。何の委員をしている、テストはどうだったか、クラスでは何をしているか。私が話すより先にお母さんに伝わっているような日々。

何も変わらないただ優等生を演じるだけの日々が続くはずだった。

でもそんな私の手を取って、一緒《いっしょ》に遊んで、キスをして、別の人生に連れて行ってくれたのは陽都《あきと》くん。

こんな風に商店街に楽しい気持ちで来られるようになると思わなかったの。

楠木《くすのき》さんと北野《きたの》さんと演奏できるなんて思わなかった。

陽都《あきと》くんと一緒《いっしょ》に銭湯に来なかったら、お父さんの写真だってきっと見せて貰《もら》えてない。

お父さんがここでピアノを弾《ひ》いていたことなんて、知らないままだったよ。

ねえ、お父さん、ずっとここにいたんだね。

ううん。きっと。

怖《こわ》くて蓋《ふた》をして、ずっとずっと逃《に》げていたの。

ずっとピアノなんて見ないようにしていたの。

だってそれはお父さんそのものだったから。

重すぎる『塊《かたまり》』だって知っていたの。

でももう全部含めて私で、それが『大切』になったから、大丈夫《だいじょうぶ》になったんだよ。

ふと気がつくと、ちっちゃな私が今横に座ってこの曲を弾《ひ》いていた。

「ねえ、これであってるの？」と不安げに聞く小さな私に、今の私は「大丈夫《だいじょうぶ》。手がもう覚えてる」そう言って笑った。

これからずっと貴女《あなた》は頑張《がんば》って、頑張《がんば》って、頑張《がんば》っていくけれど。

ずっと苦しいけれど、大丈夫《だいじょうぶ》になるから。

ちゃんと未来で楽になるから、ひとりじゃないから、大丈夫《だいじょうぶ》だから。

私は小さな私の頭を撫《な》でた。

小さな私は、音と一緒《いっしょ》に跳《と》びはねて笑顔《えがお》を見せた。

ぴょん、ぴょん、と嬉《うれ》しさを我慢《がまん》できずにスキップするように。

お父さんが弾《ひ》くピアノはいつだって音が踊《おど》って見えた。

ひとつ鍵盤《けんばん》を押して、その次へ。その小さな隙間《すきま》で「遊ぼう」って音が言っている。

私がそう言うと「音はおしゃべりだから、隙間《すきま》しかお話しできないんだ」とお父さんは笑った。音と音の間を聞けるなら、きっとこの地上と天国の間の音だって聞こえるよね。


ね、お父さん。またこうして弾《ひ》くから、空から聞いていて。


ちっちゃな私とお父さんは、音と音の間を楽しそうにスキップしながら消えていった。

その音が銭湯の天井《てんじょう》を抜《ぬ》けて、夜空に向かう。

私はゆっくりと目を閉じて、ピアノから手を下ろした。

さざ波のように、それでいて銭湯を飲み込むように拍手《はくしゅ》と喝采《かっさい》が聞こえて空に昇《のぼ》っていく。

みんなが席を立ち上がって拍手《はくしゅ》している。いつの間にか銭湯内から人が溢《あふ》れて、更衣《こうい》室にもたくさんのお客さんがいて、みんな拍手《はくしゅ》をして、泣いている。

振《ふ》り向《む》いた楠木《くすのき》さんも、北野《きたの》さんも泣いていて、私だけどうしようもないほど笑顔《えがお》だった。

私は立ち上がって空から音を受け取り、頭を深く下げた。

拍手《はくしゅ》が雨のように降り注ぎ、身体《からだ》を揺《ゆ》らす。

ああ、すごく気持ちが良かった。


「紗良《さら》ちゃん！　本当に素晴《すば》らしかったわ」

演奏を終えて園長先生が私の所に真っ先にきてくれた。

私はその小さな手を握《にぎ》って、まっすぐに目を見て口を開く。

「園長先生。私、幼稚園《ようちえん》の時、ピアノが弾《ひ》きたかったです。それがすごく辛《つら》くて、ずっと心に残ってました。あれはすごく悲しかったです。イヤでした」

私がそう言うと、園長先生は何度も深く頷《うなず》いて、

「ごめんね、紗良《さら》ちゃん。私悪いことしたわ。もうね、何かあっても子どもがしたいこと優先ですからね。分かってたのにね、ごめんね。すごかったよ。すてきなピアノを聞かせてくれてありがとう」

そう言って涙《なみだ》を流した。

私はそれを聞いて、心の真ん中奥にある塊《かたまり》を優《やさ》しく撫《な》でた。

第18話　その甘さに触《ふ》れた夜

最初の一音を聞いた時に、空から音が降りてきたように感じた。

紗良《さら》さんが空から届いた色を、ピアノに運んで音にして響《ひび》かせている。

そう感じた。

音楽なんだ。あのジャズバーで何度も聞いた、よく知っている曲。

でも全然違《ちが》う。音と音が繋《つな》がって、その隙間《すきま》に紗良《さら》さんがいた。

悲しい音には涙《なみだ》の紗良《さら》さんが、楽しい音には笑顔《えがお》の紗良《さら》さんが、全部そこにいたんだ。

その音を受け取って楠木《くすのき》さんが響《ひび》かせる。そして北野《きたの》さんが更《さら》に遠くへ運んでいく。

ここではないどこかへ、悲しい音も嬉《うれ》しい音も、全部ふくめて、みんなでひとつの曲になる。

絶対に紗良《さら》さんが弾《ひ》いていたんだ。弾《ひ》いていたのに、俺にはそこに、紗良《さら》さんのお父さんが見えた気がして、持っていたスマホが震《ふる》えた。見ているとなぜか泣けてきてしまう演奏で、頭を揺《ゆ》らさないように必死に保って撮影《さつえい》した。

演奏が終わると地響《じひび》きのような歓声《かんせい》が銭湯を包んで、聞いていた人たちみんなが泣いていた。

紗良《さら》さんたちの演奏と、その歌声は、その場で聞いていた俺たちの心に響《ひび》いた。

横をみると、友梨奈《ゆりな》さんも泣いていた。そして俺を見て「……お姉ちゃん、めっちゃピアノ上手いやん」と言ったのだ。なんだかそれがすごく嬉《うれ》しかった。

でも話しながら、友梨奈《ゆりな》さんの笑顔《えがお》はどんどん消えていった。

そう。こんなに素敵《すてき》だったのに、こんなに頑張《がんば》った紗良《さら》さんに、会場に来るまでにあったことを話す必要があると分かっているから。

言いたくなくて、それでも言わなきゃいけなくて、俺と友梨奈《ゆりな》さんは更衣《こうい》室の奥の方に席に座った。横をみると友梨奈《ゆりな》さんは唇《くちびる》を噛《か》んで俯《うつむ》いていた。気持ちが分かるだけに何も言えず、ただ優《やさ》しく背中を撫《な》でた。


「陽都《あきと》くん！」

「紗良《さら》さん！」

演奏が終わって三十分ほどすると、お客さんの半分以上が帰り、紗良《さら》さんが俺のほうに駆《か》けつけてきた。俺は紗良《さら》さんを抱《だ》き寄せた。紗良《さら》さんは全身に汗《あせ》をかいていて、身体《からだ》が熱くて、それでも俺にぴったりとくっ付いて、

「……陽都《あきと》くんに聞いてもらえて、本当に良かった」

と嬉《うれ》しそうに言った。あの後、俺と友梨奈《ゆりな》さんはもう本当にこれ以上ないほどの速度で走り、開始一分前になんとか駆《か》け込んだのだ。間に合って良かった。本当に聞けて良かった。ずっと忘れられない、ものすごく素敵《すてき》なものを貰《もら》った気がする。

紗良《さら》さんは友梨奈《ゆりな》さんの手を取り、

「友梨奈《ゆりな》も。来てくれて良かった」

そう言って抱《だ》きつこうとして、友梨奈《ゆりな》さんの掌《てのひら》の汚《よご》れに気がついた。

「どうしたの？　手が汚《よご》れて……それにその表情。ねえ、友梨奈《ゆりな》。どうしたの？」

紗良《さら》さんは友梨奈《ゆりな》さんを見て、すぐに変だと気がついた。

俺は紗良《さら》さんの手を握《にぎ》り、俺の横に座らせた。

そして覚悟《かくご》を決めてここに来るまでに何があったのかを話した。

紗良《さら》さんはサッと顔色を変えて、友梨奈《ゆりな》さんに再びかけより、怪我《けが》がないことに安堵《あんど》して、すぐに北野《きたの》さんに声をかけた。

北野《きたの》さんは警察官だ。さっきまで満面の笑《え》みで話していたけど、一瞬《いっしゅん》で眼光を鋭《するど》くして、友《ゆ》梨奈《りな》さんを連れて別室に向かった。

すぐに女性警察官が呼ばれて、友梨奈《ゆりな》さんの話を聞き始めた。

そしてパトカーが来て、皆《みな》で警察署に行くことになった。友梨奈《ゆりな》さんはなぜか俺の近くから離《はな》れなくて、俺は友梨奈《ゆりな》さんの背中を何度もゆっくりと撫《な》でた。

中に入ると、そこには匠《たくみ》さんと匠《たくみ》さんのお父さん……市議会議員の藤間《ふじま》さんがいた。藤間《ふじま》さんは友梨奈《ゆりな》さんを見て、匠《たくみ》さんの頭を摑《つか》んだ。匠《たくみ》さんの表情が恐怖《きょうふ》に変わった瞬間《しゅんかん》、目の前の机にたたき付けた。

もう本当に思いっきり、ガンとたたき付けた。

鈍《にぶ》い音が灰色で無機質な部屋の中に響《ひび》き渡《わた》った。そして藤間《ふじま》議員は一緒《いっしょ》に頭を下げて、

「このたびは、誠《まこと》に申し訳ございませんでした」

と言った。頭をたたき付けられた匠《たくみ》さんも、その状態で「すいませんでした」と叫《さけ》ぶように声をあげた。それを友梨奈さんは眉一つ動かさず見ていた。

俺はそのまま別室に通されて、北野《きたの》さんに今までの状況《じょうきょう》を話した。

お店であったこと、その後の炎上騒《えんじょうさわ》ぎ。北野《きたの》さんは冷静に話を聞いてくれた。そして一時間後に、紫色《むらさきいろ》のドレスを着た吉野花江《よしのはなえ》さんと多田《ただ》さんも来て、話し合いが始まった。

結果、コンビニの目の前で暴行したことにより、証拠《しょうこ》が確保され、過去の事例もあり、暴行罪で被害《ひがい》届を出すことになった。多田《ただ》さんは示談になるだろうと言ったが、被害《ひがい》届を出せたことに友梨奈《ゆりな》さんは満足したように見えた。

俺は友梨奈《ゆりな》さんに対して余計な知識を入れてしまい、結果こうなってしまったのではないかと思ったが、藤間《ふじま》さんは匠《たくみ》さんを東京から離《はな》して大阪に連れて行く約束をしてくれたので、それだけでも良かったのかも知れない。

警察にはなんと三時間もいて、やっとジャズバーに戻《もど》れることになった。

警察から俺の家に連絡《れんらく》してくれたこともあり、もう電車は諦《あきら》めてゆっくりとタクシーで帰ることに決めた。

紗良《さら》さんは、ドンと机を叩《たた》いた。置いてあったオレンジジュースがカタタと移動する。

おう……こんな恐《おそ》ろしい表情の紗良《さら》さんははじめてだ。

「友梨奈《ゆりな》。本当に何を考えてるの？　駅で匠《たくみ》さんを見かけた、その時点ですぐに警察に行くべきなのよ。駅前にあるでしょ？　すぐ目の前に。なのに交番があるほうじゃなくて、どうしてないほうに、大通りのほうに行ったの？　どうして自分で何かできると思ったの？　できるはずがないでしょう、あれほどの体格を持った人が追ってきてて。どうして人通りが無くて、ビルばかりあるほうに行ったの？　どうしてなんで理由がわからない」

実は紗良《さら》さんがこれを言うのはたぶん20回目くらいだ。

警察から帰ってきてから、ずっとこれを言っている。

そのたびに友梨奈《ゆりな》さんは「負けたくなかった」と言ってまた紗良《さら》さんが切れる。

そして友梨奈《ゆりな》さんは「次は勝つ」と言って、また紗良《さら》さんが切れる。

それを繰《く》り返《かえ》している。ハイパーループタイムだ。

最初は俺も一緒《いっしょ》に「そうだ」「危なかった」「絶対駄目《だめ》」「でも匠《たくみ》さんが悪いよ」と言っていたが、警察も含《ふく》めると四時間近く友梨奈《ゆりな》さんは色んな人に何かを言われていて、少し可哀想《かわいそう》だと思うけれど、言いたい紗良《さら》さんの気持ちも分かる。

俺は友梨奈《ゆりな》さんに怪我《けが》がなく、北野《きたの》さんがしっかり対応してくれそうで気が抜《ぬ》けた。警察関係者が近くにいて助かった。

　疲《つか》れもあり、紗良《さら》さんの演奏を録画したデータを楠木《くすのき》さんと一緒《いっしょ》に見ながらオレンジジュースを飲んでいる。

　画面が小さすぎてよく分からないけど上手に撮影《さつえい》できたと思う。

　楠木《くすのき》さんは映像をグイグイ見ながら、

「俺もうちょっと写らなかったの？　こんなかっこ良く撮《と》って貰《もら》えるなら、もっと写りたかったなあ」

「いや俺も撮《と》りたかったんですけど、もう手足が足りませんよ。カメラ置かせてもらうのも夏祭りっぽくないじゃないですか」

「じゃあ今度ここで撮影《さつえい》してよ！」

「いいですよ！」

　紗良《さら》さんの演奏は本当に素晴《すば》らしかったんだけど、楠木《くすのき》さんのチェロが最高に良かった。話していたら服がグイと引っ張られた。そして目の前に、ものすごく怒《おこ》った表情の紗良《さら》さんがいて、

「陽都《あきと》くんがいなかったら、友梨奈《ゆりな》、死んでたかも知れないのよ、ねえ⁉」

「うん。良かった本当に。同じタイミングで来られて見つけられて」

「陽都《あきと》くんが追ってくれなくて、助けてくれなかったら、本当に危なかったんだから！」

「うん、良かった」

「陽都《あきと》くんも、もっと怒《おこ》ってよ、もう友梨奈《ゆりな》、全然駄目《だめ》！」

　俺はずっと怒《おこ》っている紗良《さら》さんの背中に手を置いて横の席に座らせた。

「あのさ。友梨奈《ゆりな》さんは、紗良《さら》さんの前ではどうしてもこういう物言いになるけど、もう、ちゃんと分かってるよ」

　俺と会場に向かう時はずっと泣いていたし、素直《すなお》に謝っていた。

　それに演奏後は、自分がしてしまったことへの苦しみを感じてるように、俺には見えた。

　友梨奈《ゆりな》さんは紗良《さら》さんの前だとどうしても強がるみたいだ。

　完璧《かんぺき》を演じているとかではなく、たぶん友梨奈《ゆりな》さんは恐《おそ》ろしくプライドが高いのだと思う。

　だとしたら、これ以上言っても仕方がないし、本当に危なかったけど目的は果たした。

　褒《ほ》められることじゃないことは、警察もお母さんも多田《ただ》さんも、それこそみんなから言われているから、もう言わなくていい。

　友梨奈《ゆりな》さんみたいなタイプは本人が心底思わないと、たぶん心に響《ひび》かないと見た。

　それに「やられたら、やりかえす」という感覚がある人は、やっぱりある程度いて……それに我慢《がまん》ができない負けん気の強さこそ、やっぱり友梨奈《ゆりな》さんの「天才」を支えているのかも知れないと少し思う。

　それに紗良《さら》さんのお母さんは、あの後なにもしてないわけでは無かった。大学のほうに匠《たくみ》さんが本当に忙《いそが》しいのか確認《かくにん》して、学校自体に来ていないことを確認《かくにん》。藤間《ふじま》さんとも会って現状を確認《かくにん》。藤間《ふじま》さんは大阪に匠《たくみ》さんを連れて行くと決めた。それを伝えたのが先日で、今日……こんなことになったようだ。

友梨奈《ゆりな》さんの性格と、タイミングが合致《がっち》した結果だと思う。

俺がそれをかいつまんで伝えると、友梨奈《ゆりな》さんは俺の右腕《みぎうで》にススス……とくっ付いてきて、口をもごもご動かして、

「お兄ちゃんのが友梨奈《ゆりな》のこと理解しててくれて森……」

「森って何よ！」

とまた紗良《さら》さんが切れている。

紗良《さら》さんはネットスラングなんて使わないから……。

俺は友梨奈《ゆりな》さんの頭を撫《な》でて、

「もう自分でなんとかしようとなんて、しないよね。負けん気が強いのが友梨奈《ゆりな》さんだけど、みんなが心配してるのは、もう分かったよね」

「……うん」

「友梨奈《ゆりな》ぁ？」

「紗良《さら》さんも、落ち着こう。俺が聞くから、もう友梨奈《ゆりな》さんも疲《つか》れてるし、友梨奈《ゆりな》さんだけでもタクシーで帰してあげよう」

「むうう……」

やっと紗良《さら》さんは文句を言うのをやめて、友梨奈《ゆりな》さんをタクシーに乗せた。

そのまま紗良《さら》さんも帰るのかなと思ったけど、紗良《さら》さんは俺と話し足りないみたいで、友梨《ゆり》奈《な》さんだけ乗せてドアを閉めた。

そして楠木《くすのき》さんに丁寧《ていねい》に頭を下げて店を出た。

もう深夜で、すべての店が閉まっていて、商店街に全く人気がない。

ここまで深夜に外を歩いたことがなくて、少し怖《こわ》くて紗良《さら》さんを抱《だ》き寄せて歩き始めた。

駅前から紗良《さら》さんの家まで徒歩15分くらいで、ゆっくり話すには丁度良《い》い距離《きより》だ。

こんな時間になってしまったけれど、やっとふたりっきりになれた。

嬉《うれ》しくて手を握《にぎ》ったら、紗良《さら》さんが立ち止まった。俺は前に回って顔をのぞき込んだ。

すると紗良さんはポロポロと涙《なみだ》をこぼしていた。

俺は慌《あわ》てて抱《だ》き寄せる。紗良《さら》さんは俺にしがみ付いて、

「……陽都《あきと》くんっ……本当にありがとう……陽都《あきと》くんがいなかったら、友梨奈《ゆりな》、どうなってたか……」

「もう大丈夫《だいじょうぶ》だから」

「もう……ほんとあの子、わかって、なくて。もう、なにを、してるんだかっ！　もうバカなんじゃないのっ」

「紗良《さら》さん」

「もう友梨奈《ゆりな》に何かあったらって、もう、ほんと、あの子、どうして、もうっ……！」

泣きながらブツブツ言いながら紗良《さら》さんは歩き始めて、たまに立ち止まって「もおお！」と言う。すごく我慢《がまん》してたんだな……と思い、俺は背中を何度も撫《な》でた。

紗良《さら》さんはしがみついてグズグズ泣き、また離《はな》れて「もおお！」と怒《おこ》って歩き出した。

可愛《かわい》い、うざったい、可愛《かわい》い、うざったい、可愛《かわい》い……。これが紗良《さら》さんの最も素の姿なのかも知れないと俺は思った。

家に送って、その場でタクシーを呼んで帰るつもりが、そのまま家に連れ込まれた。

もう家にいた花江《はなえ》さんにお茶を出してもらい、振《ふ》り向《む》くと紗良《さら》さんがソファーで眠《ねむ》ってしまっていた。俺は紗良《さら》さんを抱《だ》っこして部屋に連れて行くことにした。

挨拶《あいさつ》の時に一度だけ来たことがある部屋は相変わらず整っていた。紗良《さら》さんをベッドに置くと少し目を開けた。

そして俺の首に腕《うで》を伸《の》ばして後ろからぎゅうう……としがみつき、

「……寝《ね》るまで、ここにいて……」

と言った。可愛《かわい》くて、愛おしくて。俺はそのままベッドの横に座り、身体《からだ》を預けた。

やがて俺の首をぎゅうぎゅうと絞《し》めていた力が抜《ぬ》けていき、両手がズル……と俺の首から外れた。

俺はその両腕《りょううで》をお布団《ふとん》の中に入れた。無防備に眠《ねむ》っている紗良《さら》さんは化粧《けしょう》も落とさず、服も外着のままだ。

でももう今日は仕方がない。

俺は紗良《さら》さんをしっかりとお布団《ふとん》に入れて、寝顔《ねがお》を見ていた。

髪《かみ》の毛《け》のピン……とめたままなのは傷《いた》みそうだから、それを外して机に置いた。

寝顔《ねがお》が可愛《かわい》くて、頭をずっと優《やさ》しく撫《な》で続けた。

可愛《かわい》くて、大好きで、紗良《さら》さんの大好きを守れたのが嬉《うれ》しくて、それでいて匠《たくみ》さんにはやはり腹が立ち、頭を優《やさ》しく撫《な》で続けた。

気がつくと俺も鬼《おに》のように眠《ねむ》くてそのまま眠《ねむ》りそうになったので、気合いを入れて立ち上がり、タクシーで帰宅した。

家に帰るとお母さんもお父さんも起きて待っていて、時間は驚愕《きようがく》の2時。

明日は日曜日ということもあり、俺は説明を軽くして風呂《ふろ》に入り、すぐに寝《ね》た。

長すぎた一日。でもまだ頭の中に紗良《さら》さんが奏《かな》でる曲は聞こえていて、すべて忘れてそれだけ頭の中に響《ひび》かせて、眠《ねむ》りについた。

第19話　三つ編みの歌

私が弾《ひ》いたピアノから音が飛びだして、空に昇《のぼ》っていく。

お昼と夕方の間。幼稚園《ようちえん》が終わってお迎《むか》えを待っていた時間を思い出した。

幼稚園《ようちえん》の教室の横にある廊下《ろうか》は、粉砕《ふんさい》されたゴムが大量に貼《は》ってある変わった床《ゆか》だった。ボコボコしてて触《さわ》るのが好きだった。

そのゴムの欠片《かけら》を指先でちぎって、制服のポケットに入れてお父さんが迎《むか》えにくるのを待っていた。

お迎《むか》えが来た子は、その後一時間園庭で遊べるのが嬉《うれ》しくて「はやくきてね、一番にきてね」ってお父さんにお願いした。

お父さんはいつも園庭の入り口に並んで、お迎《むか》え一番だった。

「紗良《さら》」って来てくれるのが嬉《うれ》しくて、先生の横で待ってたの。

廊下《ろうか》に座っていた時に横に置いていた靴《くつ》とか、触《ふ》れて冷たいブランコの感覚、そしてお父さんとその後家まで帰るとき、歌っていた歌。

それをずっと届けたくて。

「……寝《ね》ちゃったのね」

私は身体《からだ》を起こした。

陽都《あきと》くんが家まで送ってくれて、眠《ねむ》らせてくれたのを覚えている。

髪《かみ》の毛《け》も服もそのままで、メイクもしたまま。髪《かみ》の毛《け》のピンだけ陽都《あきと》くんが外してくれたみたい。時間を確認《かくにん》すると三時。起きちゃったしシャワーを浴びようかな。ゆっくり寝《ね》たいし、このままでは気持ちが悪い。

起きて一階にいくと、お母さんがまだ起きていた。私に気がつき、

「紗良《さら》。大丈夫《だいじょうぶ》?」

「うん。寝《ね》ちゃったのね。お母さん……まだ仕事なの?」

「これはもう仕方ないわ。人が抜《ぬ》けた分だけ、誰《だれ》かがやらないと。私の責任でもあるし」

そう言ってお母さんはノートパソコンを閉じた。

そして私の方を向いて、

「紗良《さら》。大阪で知ったんだけど。辻尾《つじお》陽都《あきと》くん。辻尾《つじお》綾子《あやこ》さんのお孫さんなの? 辻尾《つじお》綾子《あやこ》さんは松島《まつしま》建設の松島《まつしま》さんのお師匠《ししょう》様にあたる方なのよ。国会議員の湊《みなと》さんのお友達で、みんなパイプをほしがってるけど、ご自分が会いたい人にしか会わないすごい人なのよ」

「知ってたけど、そこまですごい人だと思わなかったわ」

「私に紹介《しょうかい》する前から知ってたの? そんなの言ってくれたら……」

それだけ言ってお母さんは頭を振《ふ》って顎《あご》に手を置いて目を伏《ふ》せた。

「……辻尾《つじお》くんは紗良《さら》が政治家の娘《むすめ》だから付き合ってるわけじゃないものね」

「友梨奈《ゆりな》も、藤間《ふじま》さんの息子《むすこ》だから付き合ってたわけじゃないと思うけど」

「そうね……そうなんだけど……安心はできると思うでしょう。思ってたのよ……」

そう言ってお母さんは深くため息をついた。

私はお母さんに気に入られたくて、お母さんの先を読みたくて生きてきた。

だからお母さんが考えてることは分かってしまう。藤間《ふじま》さんのお父さんは政治家として素晴《すば》らしい人だ。それにこんなことになる前まで、藤間《ふじま》匠《たくみ》さんも優《やさ》しい人だった。

藤間《ふじま》議員は次期市長に内定してたし、その一族と深く付き合うのはおかしなことでは無かった。私は顔を上げて、

「政治家に繋《つな》がりが大切なのは私も分かるよ。でも私は、ただ陽都《あきと》くんが好きで一緒《いっしょ》にいるの」

「そうね。もう何も言えないわ。辻尾《つじお》くんがいなかったら、友梨奈《ゆりな》は危なかったわ。お礼をしたいけど……もう駄目《だめ》ね私。辻尾《つじお》綾子《あやこ》さんのお孫さんだと思うと、私のことを気に入ってほしくて仕方がないのよ」

「……すごく素直《すなお》に呆《あき》れるほど『政治家』って感じ」

「人間関係で先を読んで戦っていくゲームのようで楽しいのよ。たくさんの戦略の先に少しでも良い未来があるなら、何だって使《い》いたいし、その結果優位な立場に立ちたいと思う。それを

楽しいと思える時点で私には才能があるから」

「私にはそれがないから、やっぱり政治家になれないよ」

「楽しいからね、紗良《さら》になってほしいなと思ったの。私は本当にこの道を気に入ってるから、紗良《さら》になってほしいと思ったのよ。でも娘《むすめ》の彼氏《かれし》でさえ看板しか見られない私は、母親失格ね。友梨奈《ゆりな》にも申し訳ないことしたわ。表立って動けないから裏から動いてたし、大阪に行く日付も決まっていたのよ。それをちゃんと話すべきだったわ。でも友梨奈《ゆりな》は全部話しちゃうから……。でも母親としては話すべきだったのよね。はあ……政治家と母親、両立するの無理みたい」

お母さんは両肩《りょうかた》をあげて微笑《ほほえ》んだ。

もうすがすがしく言われてしまって、私はちょっと楽しくなってきてしまった。

夜の街でバイトしていたことも、悪い子になりたかったことも、ざまあみろってお母さんに言いたくなる。

でも、本当の私なんてお母さんには教えてあげない。

だってお母さんは、自ら認める『母親失格』で、知ろうともしないんだもん。

本当に私を知ってるのは、私だけでいい。

私が決めた気持ちを聞いてくれるのは、陽都《あきと》くんだけでいい。

私は緩《ゆる》く編まれたままの三つ編みに触《ふ》れた。

これは私が『お母さん』に投げる最後のボール。

「三番って覚えてる？」

「え？　何のこと？」

予想通りの返答に、苦笑《くしょう》して、ため息をつく。

「……幼稚園《ようちえん》に入ったばかりの頃《ころ》、お母さんに『今日の髪型《かみがた》どうするの？』って毎日聞かれて。私が『こういうのがいい、ああいうのがいい』ってお母さんにオーダーばかりして」

「あ――……あったわね。あの頃《ころ》、紗良《さら》の髪型《かみがた》毎日違《ちが》ったのよ。あれがいいこれがいいって！」

「だからお母さんが私の髪型《かみがた》を写真に撮《と》って、これが一番、これが二番って写真に番号を振《ふ》っていったの。それでね、きっちり三つ編みにする髪型《かみがた》が三番だったの」

「……そうだった？」

「そう。でもお父さんが死んじゃって、お母さんは私の髪《かみ》の毛《け》をゆっくり結ぶ時間がなくなった。でもね、私は三番の髪型《かみがた》が大好きで。お母さんに結んでほしかったの。でもお母さんは忙《いそが》しそうでしてくれなくて」

「紗良《さら》……」

「だから自分で結び始めたの。それがこの緩《ゆる》い三つ編みの始まり。最初はこれしかできなかったけど、今はこれが気に入ってた。自分で編んだ緩《ゆる》い三つ編み。でもね、切ろうかなって今思った」

そう言って私は三つ編みを解いた。

お母さんが静かに言う。

「もう……遅《おそ》いの？」

「違《ちが》うよ。やっと切れるんだよ」

銭湯でおばあちゃんに写真を見せてもらった時に思い出した。

お父さんと写真に写っていた私はキッチリと三つ編みをしていた。

そしてそれをお母さんが編んでくれていたことも。お父さんが死んじゃって、誰《だれ》も結んでくれなくなったことも。

でももうきっと、私に三つ編みは必要ない。

私は自分の意志で髪型《かみがた》を決めて、自分の好きなようにする。

この人とも、新しい私で、私なりの付き合い方をする。

そう、決めたんだ。

お風呂《ふろ》に入り、二階に上がっていくと、友梨奈《ゆりな》の部屋のドアがカチャリと開き、顔を出した。

「……お姉ちゃん。大丈夫《だいじょうぶ》？」

「友梨奈《ゆりな》こそ、大丈夫《だいじょうぶ》なの？」

「私はむしろ超《ちょう》スッキリ。興奮しちゃって眠《ねむ》れないの。だからずっと起きてたんだけど……お姉ちゃん、久しぶりに一緒《いっしょ》に寝《ね》ても良い？」

友梨奈《ゆりな》はそう言って枕《まくら》を抱《かか》えて見せた。

私と友梨奈《ゆりな》は、小学生二年生までふたつ布団《ふとん》を並べて眠《ねむ》っていた。でも横の布団《ふとん》で眠《ねむ》っていたはずの友梨奈《ゆりな》はいつの間にか私の布団《ふとん》に入り込んでくる。私は友梨奈《ゆりな》を睨《にら》み、

「また私を膝《ひざ》で攻撃《こうげき》するでしょう。痛いのよ、あれ」

「しないもん～。もう高校生だもん～。子どもじゃないんです～」

と枕《まくら》を持ったままトコトコと私の部屋に入って行った。もう……話を聞かないんだから。

友梨奈《ゆりな》は寝相《ねぞう》が本当に酷《ひど》くて、一緒《いっしょ》に眠《ねむ》ると膝《ひざ》でお腹《なか》を蹴《け》ってくる。本当にお腹《なか》の真ん中に膝《ひざ》がゴンと入るようにしがみ付かれるのでイヤだった。でも今日は仕方ないか。私は友梨奈《ゆりな》を布団《ふとん》の奥に入れて、横に入った。

友梨奈《ゆりな》は私の身体《からだ》にススとくっ付いて目を閉じた。

「……お姉ちゃん。本当にごめんね。まだ怒《おこ》ってる？」

「怒《おこ》ってる。きっと一生覚えてて、一生怒《おこ》るからね」

「ちぇ。今日だから仕方ないかあ。明日になったらちょっと忘れてね」

その物言いにもう笑ってしまう。ついさっきの事なのに、この切《き》り替《か》えの早さ。これこそが友梨奈《ゆりな》だと思ってしまう。友梨奈《ゆりな》は私の左肩《ひだりかた》にグイグイとくっ付いて、

「……もうしない。お姉ちゃんをあんな風に泣かせたり、怒《おこ》らせたり、しないよ。お姉ちゃんは、私のために怒《おこ》ってくれてるの、分かるから。それにお姉ちゃんの彼氏《かれし》の辻尾《つじお》くんに……本当に……助けてもらって……ありがとう……ごめんなさい……」

そう小さな声を絞《しぼ》り出《だ》すように友梨奈《ゆりな》は言った。

私は友梨奈《ゆりな》を抱《だ》き寄せて、目を閉じた。

大嫌《だいきら》いで、大好きで、大切で、誰《だれ》よりも憎《にく》くて、世界でたったひとりの妹。

そして。私は大きく息を吸って友梨奈《ゆりな》に向かい、

「まったくもう。本当にバカね。男を見る目がなさ過ぎる」

「はあん？　お姉ちゃん。たまたま！　たまたま‼　クソを引いただけだから！」

「特大のバカじゃない。もうちょっとちゃんと選びなさいよ」

「はあああ⁇⁇　確率の話する？　頭がよい私が確率のお話をしましょうか？」

「寝《ね》るわよ」

「もおおお～～～」

友梨奈《ゆりな》はブーブーと文句を言いながら、それでも私にしがみ付いて、電気を落とした数秒後には眠《ねむ》りについた。眠《ねむ》れないって、どこが？　私も久しぶりに友梨奈《ゆりな》を抱《だ》きしめて、目を閉じた。膝《ひざ》がお腹《なか》にこないことを祈《いの》りながら。

第20話　未来を照らす光

少しだけ開いたカーテンの隙間《すきま》から、雲一つない青空が見えている。

表の街路樹が太陽の光を浴びて、ギラギラと光っている昼すぎ。蟬《せみ》が今日もミンミンと鳴き続けている。もう八月も終わるというのに、今年の夏は暑すぎる。

「よし、と。これで良《い》いかな」

俺は部屋のクーラーを止めて、一階に向かった。

今週で夏休みが終わる。さくらWEBのコラボは大成功に終わり、俺たちが発案した吹《ふ》き出《だ》しシステムは、結局本放送前の再放送に定着した。そこが一番人が多く、盛り上がることが分かったらしい。その再放送を吹《ふ》き出《だ》し付きで見た人たちが、そのまま本放送を見るようで、視《し》聴《ちょう》者数が増えたと安城《あんじょう》さんは言っていた。

紗良《さら》さんと一緒《いっしょ》に楽しんだ商店街の夏祭りも終わり、匠《たくみ》さんは大阪に引《ひ》っ越《こ》したと聞かされた。最近友梨奈《ゆりな》さんは夜になると紗良《さら》さんの布団《ふとん》に潜《もぐ》り込んできて、そのたびにお腹《なか》を膝《ひざ》で蹴《け》られて地獄《じごく》だと嘆《なげ》いていた。友梨奈《ゆりな》さんの寝相怖《ねぞうこわ》すぎない……？

友梨奈《ゆりな》さんは元気になり、たまに「お兄ちゃんご飯おごって！」とLINEが届く。前は「彼ピ」と呼ばれていたのに、今や「お兄ちゃん」で一人っ子の俺はちょっと嬉《うれ》しい。

中園《なかぞの》は桜子《さくらこ》さんと今度会うようで「すげー緊張《きんちょう》する」と百回くらい言っていた。誰《だれ》と会っても通常運転の中園《なかぞの》が緊張《きんちょう》するのが面白《おもしろ》いから、また泊《と》まりに行って話を聞くつもりだ。

穂華《ほのか》さんは裏司会が上手《うま》く行ったようで、次の仕事も決まったようだ。平手《ひらて》が作った一時間番組は俺も見たけど、全体を見せながらも、穂華《ほのか》さんの素晴《すば》らしさがよく分かる仕上がりで、すげー上手《うま》かった。

夏休みが終わる。


一階に下りると、母さんが丁度おやつを食べようとしていた。

「陽都《あきと》、バームクーヘンあるわよ、食べる？」

「食べる。あのさ、母さん。父さんも一緒《いっしょ》に、ちょっと見てほしいものがあるんだけど」

「なになに？」

母さんは切ったバームクーヘンを出して、椅子《いす》に座った。

夏祭りが終わって二週間。実はずっと気合いを入れて編集していた映像があった。

妙《みょう》に緊張《きんちょう》するけど……俺は母さんと父さんの前にスマホを置いて再生ボタンを押した。

その動画は、銭湯の前で赤ちゃんの紗良《さら》さんを抱《だ》っこしているお父さんの写真から始まる。

お父さんは、目を細めて満面の笑《え》みだ。次の写真はジャズバーのピアノの前で、手にタンバリンを持っている幼稚園《ようちえん》児の紗良《さら》さん。キッチリと編まれた三つ編みをしていて、横でお父さんがピアノを弾《ひ》いていて、それを、お客さんや、楠木《くすのき》さんが優《やさ》しい表情で見ている。

そこに今の映像が重なる。バーで一緒《いっしょ》にいた楠木《くすのき》さんは年を取り、今もバーのマスターをしている。

新しかった銭湯は古くなったけど、おばあちゃんは健在で、元気に入り口に立っている。

次に銭湯の作務衣《さむえ》を着ている俺と紗良《さら》さんが動画で振《ふ》り向《む》く。ふたりでデッキブラシを持っていて笑顔《えがお》で掃除《そうじ》している。そしておばあちゃんが準備してくれた電気風呂《ぶろ》に興奮して、ジャズバーでオムライスを食べる。

そのメニューにカメラは寄る。実は20年前からメニューが変わっていないのだ。

そのメニューを持っている紗良《さら》さんのお父さんがオムライスを食べてビールを飲んでいる写真が映る。変わったけれど、何も変わらない生活がそこにある。

シーンは二十年前の夏祭りに切《き》り替《か》わる。

夏の日差し、遊びにくる人たち。今も昔も夏祭りは変わらない。

銭湯に置かれた電子ピアノの前に座っているのは紗良《さら》さんのお父さんだ。銭湯の天井《てんじょう》を見上げて、気持ち良さそうに弾《ひ》いている。

慈《いつく》しむようにピアノに触《ふ》れるお父さんの指先から、現代の紗良《さら》さんの笑顔《えがお》にカットが繋《つな》がっていく。

確かめるように、空に伝えるように、話しかけるように紗良《さら》さんはピアノを弾《ひ》く。

時代は変わるけど、人も変わるけど、昨日いた人はここにいないかもしれないけれど、それでもここに人はいて、全てが繋《つな》がる。

最後のカットは、銭湯の前に立っている俺と紗良《さら》さんと銭湯のおばあちゃんと楠木《くすのき》さん。

画面は暗転するけど、そこに紗良《さら》さんが弾《ひ》くピアノの音だけが静かに残って、終わった。

まだきっと、ここからも未来へ繋《つな》がる。

横を見ると、母さんと父さんが泣いていた。

俺は再生を止めて顔を上げる。

「……映像を作る人になりたいと思ってたけど、イマイチ伝えられなくて。だからさくらWEBでトップ10に入って、俺の実力を見せつけて、それで強引《ごういん》に……って思ってた。でも紗良《さら》さんが商店街で夏祭りの準備手伝ってさ、紗良《さら》さんのお父さんもう亡《な》くなってるんだけど、全然生きてて。みんな当たり前に覚えてて、全部そこにあるんだよな。作った信号も、記憶《きおく》も味もオムライスも音楽も。それを紗良《さら》さんは全部引《ひ》き継《つ》いでる」

母さんはただ泣きながら俺の言葉を聞いている。

「俺は、こういうのを作りたい。その人が死んでもいなくなっても、その人を伝えられる、見せられる、そんな映像を残したい。それを見た人がこうやって立ち上がれるような物を作る人になりたい」

「……よく分かった。陽都《あきと》こんなの作れるのね。なんかもう、すごく……涙《なみだ》が止まらないわ。ここにいるの、生きてるの、すごいわ」

そう言って母さんはティッシュを掴《つか》んで涙《なみだ》を拭《ふ》き、父さんも目に涙《なみだ》を浮《う》かべている。

そう、俺が作りたいのは、ここにいないのに、いる映像だ。

人が生きている所を、時間を、気持ちを撮《と》りたい。

ランキングに固執《こしつ》してたけど、なんか違《ちが》うって紗良《さら》さんのピアノを聞いて気がついて、許可を取ってこれを編集した。

正直俺の最高傑作《けっさく》だと思うけど、紗良《さら》さんと父さんと母さん以外には見せない。

これはそういうもので、本質的には、きっと俺はそういうものを作りたいんだって分かったから。

母さんは安城《あんじょう》さんが行っていた大学に行くことを許可してくれた。

信頼《しんらい》できる人たちに出会えたから、その世界に飛び込んで行こうと素直《すなお》に思える。

「紗良《さら》さん！」

「陽都《あきと》くん！」

今日は夏休み最後の土曜日だ。

なんと「髪《かみ》の毛《け》を切るから、一緒《いっしょ》に美容院に来てくれないかな？」と誘《さそ》われた。え……緩《ゆる》くて可愛《かわい》い三つ編みが無くなっちゃうの⁉ と思ったけれど、俺はウイッグをかぶった変身姿を見てるから分かる。どんな髪型《かみがた》も似合うし、可愛《かわい》い。

今日はシャツのワンピースを着ている紗良《さら》さんに連れられて、子どもの頃《ころ》から通っているという美容院に向かった。

そこはいつもの商店街から少し歩いた所にある店で、外装がウッドベースで柔《やわ》らかい雰囲気《ふんいき》の店だった。外には大きな鉢植《はちう》えが置いてあり、夏真《ま》っ盛《さか》りの日差しを浴びて緑の葉が大きく伸《の》びている。カランと大きな音がする鐘《かね》がついていて、中に入ると女性の美容師さんが笑顔《えがお》で出迎《でむか》えて、俺を歓迎《かんげい》してくれた。そして、

「紗良《さら》ちゃんが肩《かた》より短く切るの、小学生の時以来じゃない⁉」

と楽しそうにヘアカタログを開いた。紗良《さら》さんは、

「髪《かみ》の毛《け》が硬《かた》いし、長いほうが落ち着くかなと思ってたんですけど、切りたくなって！」

と笑顔《えがお》を見せた。ヘアカタログを見ながら髪型《かみがた》を決めて、美容師さんはさっそく紗良《さら》さんをシャンプー台に連れて行った。俺は家の近くにある床屋《とこや》にずっと通っていて、毎回おばちゃんにお任せだ。だから美容院にははじめて入ったので、すべてが新鮮《しんせん》だ。シャンプーする専用の場所があるんだな。

そして席に戻《もど》り、

「まずはここで切っちゃうよ？　良《い》い？」

と確認《かくにん》した。紗良《さら》さんは鏡を真《ま》っ直《す》ぐに見て、コクンと頷《うなず》いた。そして長い髪《かみ》の毛《け》は肩《かた》の下あたりでバッサリ切られた。

おお……そうか。肩《かた》より上に切ると決めたから、仮に切るんだ。俺はそんなに髪《かみ》の毛《け》を伸《の》ばしたこともないし、切っているのもはじめて見るので、全てが新鮮《しんせん》で、思わずスマホで撮影《さつえい》してしまった。そして今度は丁寧《ていねい》に様子を見ながら髪《かみ》の毛《け》を切り進める。

おおおおお……どんどん整って、新しい紗良《さら》さんが生まれてくる。

一時間後、紗良《さら》さんの髪《かみ》の毛《け》は肩《かた》より上にキレイに揃《そろ》った。昔の言い方だとおかっぱ……ボブっていうのが正解なのかな。紗良《さら》さんは髪《かみ》の毛《け》をサラリと揺《ゆ》らして俺を見て、

「……どうかな」

「すげ――可愛《かわい》い。マジでヤバい。めっちゃ似合う」

緩《ゆる》い三つ編みもすげー可愛《かわい》かったけど、短くなると首がよく見えて、それがまた良《い》いし、なんだか少し大人っぽく見える。

紗良《さら》さんはいつも通りのピンを止めて、俺のほうを見た。

「陽都《あきと》くんに最初に見てほしかったの。新しい私」

「そんなのすげー嬉《うれ》しいんだけど。いやマジで可愛《かわい》い」

「お出かけしたいな。一緒《いっしょ》にお昼食べて、デートしたいの。新しい髪型《かみがた》になったから、新しい

ピンもほしい、服も！」

「良《い》いね。行こうか」

俺たちは夏の町を手を繋《つな》いで歩き出した。

「陽都《あきと》くん、誰《だれ》もいないよ」

「じゃあ大丈夫《だいじょうぶ》かな」

髪《かみ》の毛《け》を切って町へ行きお昼ご飯を食べた。お店で新しいピンを買い、プリクラも撮《と》った。

紗良《さら》さんとプリクラを撮《と》るのははじめてで、髪《かみ》の毛《け》を切ったばかりなのに鏡の前で必死に整えて、ものすごく可愛《かわい》かった。

そして町の中で、浴衣《ゆかた》を着た人たちを数人見かけたのだ。調べると今日は大きな花火大会があることを知った。かなりの規模のもので、今から行っても人混みに揉《も》まれて大変そうだね……と話していて、ふと紗良《さら》さんが「学校の屋上から見えないかな」と思いついた。

調べてみると角度的にはなんとかなりそうで、買い物を終えた夕方、学校にこっそりと来た。

夏休み中に学校に私服で来て、それに立ち入り禁止の屋上にこっそり入るなんて、ものすごくドキドキする。紗良《さら》さんは俺の腕《うで》にキュッとしがみつき、

「すごく悪い子になった気持ち」

「……いや、これは俺もドキドキするな」

そう言いながら裏口からこっそり入り、屋上への外階段を上ることにした。

紗良《さら》さんが外階段を上り始めると「カン！」といつも以上に大きな音が響《ひび》いて、前を上っていたけれど、振《ふ》り向《む》いて目を丸くした。そして足元を見て、

「……ヒールだからだ」

そう言った表情は、目がまん丸で心底驚《おどろ》いていて、可愛《かわい》くて爆笑《ばくしょう》してしまった。紗良《さら》さんはつま先をちょんとつけて歩く方法に変更《へんこう》して、

「これなら大丈夫《だいじょうぶ》？　うるさくない？」

「なんか忍者《にんじゃ》みたい」

「もお～。だって音が響《ひび》くんだもん～～」

と唇《くちびる》を尖《とが》らせた。俺たちはクスクス笑いながらそれでも見つからないように早足で階段を上った。

屋上の電子ロックを開けて中に入ると、夏休み中誰《だれ》も来てなかった空間……という感じで荒《あ》れ果《は》てていた。俺たちは「掃除《そうじ》に来たからね」と嘘《うそ》をつきながら、デッキブラシで落ち葉を横に寄せた。数日後に来るんだから、またその時に掃除《そうじ》しよう。

夏の夕方の屋上は、紫《むらさき》とオレンジが混じり美しい。

紗良《さら》さんは夏の風に短くなった髪《かみ》を気持ち良さそうに揺《ゆ》らし、

「……体育祭のあとに、陽都《あきと》くんとここにきた時のこと、今も覚えてる」

「終わった後も夕方だったね。もう少し時間が早かったかな」

あれが五月で、今は八月の終わり。数ヶ月しか経《た》ってないのに、紗良《さら》さんがこんなに身近で、大切な存在になっていることに驚《おどろ》く。

横を見ると、紗良《さら》さんがまっすぐな瞳《ひとみ》で俺のことを見ていた。

きっと同じことを考えてる。

腰《こし》に触《ふ》れて引き寄せると、紗良《さら》さんはゆっくりと目を閉じた。

俺は唇《くちびる》に優《やさ》しく、触《ふ》れるようにキスをした。

最初にここでキスした時は、俺が味方だって知ってほしくて。次にここでキスした時は一歩を踏《ふ》み出《だ》したくて。いつもいつも、紗良《さら》さんと、ここにいる。

紗良《さら》さんは甘く優《やさ》しく、俺と口づけて、少し目を開いた。そして俺の服をクッと掴《つか》み、胸元《むなもと》に入ってきた。熱くて柔《やわ》らかくて、小さいのに、強い女の子。

俺は背中に手を回して、身体《からだ》全体を抱《だ》き寄せた。紗良《さら》さんは抱《だ》きしめられた状態で下から俺にキスをした。俺は紗良《さら》さんの耳を両手で包んだ。そして指先でサラリと短くなった髪《かみ》の毛《け》に触《ふ》れる。変わったけれど、何も変わらない、大好きな人。

紫色《むらさきいろ》だった空が暗くなるころ、花火が始まる時間になった。

ふたりで屋上を一周歩いてみるけど、花火は見えない。さすがに無理かな……と思いつつ、花火が見えるはずの方向をマップアプリで確認《かくにん》する。

「うーん……方向はこっちで合ってて、あっちが明るい気がする」

「そうよね。あっ……陽都《あきと》くん。あそこの上、上れるの気がついてる？」

「え？　更衣室《こうい》の上？　さすがに危なくない？」

「靴《くつ》を脱《ぬ》げば大丈夫《だいじょうぶ》だよ！　それに柵《さく》も付いてるし」

「え～～本気で？　大丈夫《だいじょうぶ》!?」

紗良《さら》さんがあまりに積極的で俺は笑ってしまった。更衣室《こうい》の横壁《よこかべ》に垂直にくっついた梯子《はしご》があり、そこから上れることは気がついていた。でも垂直だし、鉄だし、怖《こわ》くない？　と思って一度も上がったことは無かった。

紗良《さら》さんは梯子《はしご》の下で「えい！　えい！」とヒールを脱《ぬ》いで裸足《はだし》になった。

「えい！」って、なにそのかけ声。もう可愛《かわい》くて仕方がない。

俺はスマホを手に持ち、ライトをつけて足元を照らす。紗良《さら》さんは「あ、わりと平気。大《だい》丈夫《じょうぶ》、行けそう」とグイグイと梯子《はしご》を上っていく。俺も後をついて梯子《はしご》を上がり始めた。

最初こそ怖《こわ》かったものの、梯子《はしご》はわりとしっかりとした物で、足元を見ずに上がればまあ行ける……と上がりきると、一気に視界が開けて夏の風が吹き抜《ぬ》けた。

先に上っていた紗良《さら》さんが俺の腕《うで》を引っ張る。

「陽都《あきと》くん、こっち、見える！」

「おお～～。見えるね、やった！」

遙《はる》か彼方《かなた》に小さく小さく、花火が上がっているのが見えた。

闇夜《やみよ》に小さく、それでいて何度も、何度も、確かにそこに花火が見えた。

学校からとても遠い……暗い町を越《こ》えて、その先に明るく放たれる光。

それは遠く未来に咲《さ》く花のように、それでいて間違《まちが》いなく明るく正しくそこにある。

横を見ると紗良《さら》さんが目を輝《かがや》かせてそれを見ていた。短くなった髪《かみ》の毛《け》がふわりと夏の風に揺《ゆ》れて美しい。紗良《さら》さんの頬《ほお》にキスをすると、紗良《さら》さんは「えへへ」と嬉《うれ》しそうに俺にしがみ付いて、

「来年はあそこに見に行きたいな」

「行こうか。紗良《さら》さん浴衣《ゆかた》、絶対似合う」

「わー、楽しみ。全力で可愛《かわい》くするっ」

そう言って顔をクシャクシャにして笑顔《えがお》になった。

遠くに見える花火が終わるまで、俺たちは屋上でくっ付いてそれを見ていた。

来年も、再来年も、こうしてずっと一緒《いっしょ》に。

そう約束した。

本書に対するご意見、ご感想をお寄せください。

ファンレターあて先
〒102-8177　東京都千代田区富士見2-13-3
電撃文庫編集部
「コイル先生」係
「Nardack先生」係

本書は、2022年から2023年にカクヨムで実施された「第8回カクヨムWeb小説コンテスト」で特別賞（プロ作家部門）を受賞した「いつもは真面目な委員長だけどキミの彼女になれるかな?」を加筆・修正したものです。

電撃文庫

いつもは真面目《まじめ》な委員長《いいんちょう》だけどキミの彼女《かのじょ》になれるかな？3

コイル

2024年6月10日　初版発行

発行者　山下直久
発行　株式会社KADOKAWA
〒102-8177　東京都千代田区富士見2-13-3
0570-002-301（ナビダイヤル）
装丁者　荻窪裕司（META＋MANIERA）
印刷　株式会社暁印刷
製本　株式会社暁印刷

ISBN978-4-04-915816-8　C0193　Printed in Japan

電撃文庫　https://dengekibunko.jp/

電撃文庫

豚《ぶた》のレバーは加熱《かねつ》しろ（8回目《かいめ》）

逆井卓馬《さかいたくま》

2023年10月10日　初版発行

発行者　山下直久
発行　株式会社KADOKAWA
〒102-8177　東京都千代田区富士見2-13-3
0570-002-301（ナビダイヤル）
装丁者　荻窪裕司（META＋MANIERA）
印刷　株式会社暁印刷
製本　株式会社暁印刷

●お問い合わせ
https://www.kadokawa.co.jp/（「お問い合わせ」へお進みください）
※内容によっては、お答えできない場合があります。
※サポートは日本国内のみとさせていただきます。
※ Japanese text only

※定価はカバーに表示してあります。

ISBN978-4-04-915080-3　C0193　Printed in Japan

電撃文庫　https://dengekibunko.jp/